NHK

100分 de 名著 books

日本の面影

Glimpses of Unfamiliar Japan

Koizumi Yakumo

小泉八雲

Ikeda Masayuki

池田雅之

NHK出版

はじめに——異文化に対するやわらかな眼差し

小泉八雲《やくも》は、一八九〇（明治二十三）年、イギリス人ラフカディオ・ハーンとして来日し、その六年後に日本に帰化、日本人として生涯を終えた文学者・教育者です。多くの人にとって小泉八雲は、「耳なし芳一《ほういち》」や「雪女」などを収めた『怪談』の作者としてなじみ深い名前だと思います。八雲は『怪談』などの古典を語りなおしたいわゆる再話文学以外にも、紀行文、随想、日本文化論などの分野ですぐれた作品を数多く残しています。今回取り上げる『日本の面影』（一八九四）は、八雲が日本にやってきて最初に上《じょう》梓《し》した、日本についての紀行文です。

今回、よく知られた『怪談』ではなく『日本の面影』を取り上げたのには、二つの理由があります。一つは、この作品を通して、日本文化と日本人の生き方についてもう一度問いなおしてみたかったからです。『日本の面影』には、ここ百二十年ほどで日本人が失ってきたものが克明に書き留められています。それは、近代化の波に飲み込まれる直前の、慎ましくも誠実な庶民の生活ぶり、美しい自然、暮らしの中に生きる信仰心などです。

八雲はそれらを丸ごと双の腕《かいな》で抱きとめ、讃えています。彼の日本賛美は、現代の私たちにとってはいささか面映《おもは》ゆく感じられるかもしれません。しかし、外国人だった八雲の目を通して描かれる日本像を読むことで、私たちは、日本文化とは何か、日本人とは何かを、もう一度見つめなおすことができるように思います。

もう一つの理由は、この作品が異文化理解についての大きなヒントを与えてくれるという点です。八雲は、ギリシャに生まれてアイルランドに育ち、イギリス、アメリカ、仏領のマルティニーク島での生活を経て日本にやってきました。さまざまな文化を体験してきた八雲は、異文化、とりわけマイノリティの文化に対してやわらかく相対的な、独特の視線を持っていました。当時の欧米列強の人々にありがちな「上から目線」ではなく、むしろローアングルの視点で、いろいろなものを丹念に見、聞き、それらに共鳴したのです。異文化に対する八雲のこのようなアプローチは、さまざまな文化・文明間の対立が起きている現代の私たちにとって、きわめて示唆に富むものといえるでしょう。

日本において八雲の文学は、第一書房版の邦訳全集のお陰で、戦前・戦中は非常に熱心に読まれましたが、高度経済成長期の一九六〇年代中頃から急速に読まれなくなり、九〇年代初頭のバブルがはじける頃までその状況が続いていました。日本中が国民生活の豊かさを追求し、経済成長が右肩上がりの急カーブを描いている間、いわゆる反近代的な文学観を持つ八雲は、一般読者から半ば忘れられた存在になっていたように思います。

しかし振り返ってみると、八雲は今日まで日本人の自文化への認識に対してのみならず、日本の代表的な文人にもさまざまな影響を与えてきました。佐藤春夫、萩原朔太郎、永井荷風《かふう》、小川未明《みめい》など、八雲に影響を受けたという日本の近代作家は少なくありません。また夏目漱石は、あたかも八雲の後を追うがごとく、熊本の第五高等学校、そして東京帝国大学と、同じ教壇に立っています。

漱石は帝大ではまさに八雲の後任として採用されたのですが、それについて、夫人である夏目鏡子の『漱石の思い出』（松岡譲筆録）には、「小泉先生は英文学の泰斗《たいと》でもあり、また文豪として世界に響いたえらい方であるのに、自分のような駆け出しの書生上がりのものが、その後釜《あとがま》にすわったところで、とうていりっぱな講義ができるわけのものでもない」といった思いを漱石が抱いていたことが記されています。漱石自身も『夢十夜』などを読むと、八雲の影響を受けて作家活動を行っていたと思われます。

さらには、終戦後にマッカーサーの軍事秘書として来日し、「天皇に関する覚書」を作成して昭和天皇の訴追回避に寄与したことで知られるボナー・フェラーズ准将（一八九六〜一九七三）も、八雲のほぼ全著作を読破し、日本に対する理解を深めていたことが知られています。戦後の日本を守った人物の一人として、ボナー・フェラーズは忘れてはならない存在ですが、その背後に小泉八雲が居たということは、さらに意味深いことです。最近ボナー・フェラーズを主人公にした映画『終戦のエンペラー』が公開されたことも、記憶に新しいと思います（二〇一二年、ピーター・ウェーバー監督）。

二十一世紀の今、古めかしくも新しい八雲の文学は、一周おくれのトップランナー的な役割を担うのではないか、と私は推測しています。八雲の一見アナクロニズムとも思われる文化的保守主義は、私たち日本人が足元を見つめなおす上で、ますます重要なものとなるにちがいありません。そういう意味で、『日本の面影』という作品は、二十世紀的な人間中心主義、心理主義の文学ではなく、二十一世紀を生き抜くための、自己を視《み》つめなおす「旅の文学」であり、生きとし生けるものとの「共感の文学」といえます。

一八九〇（明治二十三）年四月四日、バンクーバーから船ではるばる横浜の港に着いた八雲は、日本をどのように眺め、何に心動かし、何を描いたのか。それをみなさんと味わうことで、八雲が見出した日本文化の魅力、そして、それを発見した八雲の日本文化に対する眼差しとはどういうものだったのかを、読み解いていきたいと思います。

なお、『日本の面影』（原題：*Glimpses of Unfamiliar Japan*）はこれまで、『知られぬ日本の面影』『知られざる日本の面影』などさまざまなタイトルで邦訳されてきましたが、今回は、現在最も一般的と思われる『日本の面影』を作品タイトルとして使うことにいたします。

また著者名については、『日本の面影』を執筆したのは日本に帰化する前なので、本来は「ラフカディオ・ハーン」とするのが正確なのですが、その後まもなく、出雲大社の背後にある八雲山や『古事記』のスサノオの詠んだ和歌「八雲立つ 出雲八重垣《やへがき》 妻籠《ご》みに 八重垣作る その八重垣を」にちなんで「八雲」と名乗り、ついには帰化して日本人となった八雲の思いを汲み、ここでは「小泉八雲」で統一することにします。

目次

＊本書における『日本の面影』『怪談』など、小泉八雲（ラフカディオ・ハーン）作品の邦訳は著者によります。

第1章——原点を訪ねる旅

ギリシャ人の母と生き別れた幼年時代

小泉八雲ことラフカディオ・ハーンは、一八五〇年、アイルランド人の父と、ギリシャ人の母の間に、ギリシャのレフカス島で生まれました。島の名にちなんで、パトリキオ・レフカディオス・ハーンと命名されました。これはギリシャ語読みで、英語読みでは、パトリック・ラフカディオ・ハーンとなります。ちなみに彼が生まれた島の名も、英語読みにすると、レフカダとなります。

父チャールズ・ブッシュ・ハーンはアイルランド出身の陸軍軍医で、母ローザ・カシマチはギリシャ人でした。アイルランドのケルト文化も、ギリシャ文化も、ヨーロッパ文化の基盤を作った偉大な文化ですから、この両親の血を引いているということは、芸術家としては最高の血の組み合わせといってよいでしょう。彼がアイルランドとギリシャの血を引いていたということは、特筆すべき点です。このことが、彼を多神教的な日本の文化風土の理解へと導いたのです。

しかし八雲が生まれた十九世紀中頃は、イギリスやフランスなどの列強が台頭していた時代です。アイルランドはイギリスに併合され、ギリシャも、イギリス、フランス、ロシアの保護下にある王国でした。そのため、アイルランド人を父としてギリシャに生まれた八雲の国籍は、イギリスでした。

その後まもなく、父チャールズはカリブ海の西インド諸島に赴任し、二歳の八雲は母ローザと共にアイルランドのダブリンに移ります。一八五三年、八雲が三歳の時に父が帰還しますが、その時すでに、父チャールズの妻ローザに対する愛は冷めてしまっていました。

また母も、生まれ故郷のギリシャとは言葉も宗教も気候もまったく違う北国アイルランドの生活習慣になじめずにいました。一八五四年、母ローザは望郷の念にかられ、神経の病を併発し、ついに八雲をダブリンに置いたまま、生まれ故郷のギリシャに帰ってしまいます。この時の母ローザの思いは、いったいどんなものだったでしょうか。

以後、八雲は母ローザに二度と会うことはありませんでした。しかし、慣れない土地で心身を病み、夫に見捨てられた母ローザへの同情と思慕の気持ちは、終生変わることはありませんでした。その八雲の母への思いは、後年の『怪談』の中のお雪や青柳やお貞などの「永遠の女性像」をとおして語られることになります。

母ローザが八雲を置いてギリシャに帰国すると、父チャールズは昔の恋人と再婚します。それから父は、八雲をダブリンに残したままインドへ赴任しますが、その後、病死してしまいます。こうして八雲は幼年期から、天涯孤独の人生を歩みはじめます。

ダブリンに住む大叔母サラ・ブレナン（チャールズの母の妹）に引き取られた八雲は、一八六三年、十三歳でイギリス北東部のダラム市郊外にあるカトリック神学校、ウショー・カレッジに入学します。信心深い大叔母の配慮によるものでしたが、八雲の述懐によれば、そこでは、いまわしく、厳格で、退屈なカトリックの教育を受けたといいます。

さらには、十六歳の時、ウショー・カレッジのプレイグラウンドで、ジャイアント・ストライド（回旋塔）という遊具の綱で左眼を強打し、失明するという事件が起きました。八雲のポートレートのほとんどは右半分の顔しか写っておらず、左眼の失明がいかに彼の生涯にわたる強いコンプレックスとなったかが窺えます。私が三十年ほど前に訪れた際、プレイグラウンドにはそのジャイアント・ストライドが残されていました。私はそこにたたずみ、八雲少年の不運と悲しみを偲んだのでした。

また、八雲は右眼も強度の近視でした。それゆえ、その頃から目に見えない世界、妖怪の出没する世界、あるいは〝あの世〟、霊界といったものに、彼が関心を寄せはじめるのも無理からぬことだったように思われます。

八雲はウショー・カレッジでの生活を通じて、カトリックに対する反感と孤立感を深めていきました。自分の家庭が崩壊してしまったことで、この寄宿学校にしろ、ヨーロッパにしろ、自分はこの世界からドロップアウトした人間でしかない、という自覚が強まっていったのでしょう。八雲の居場所探しの旅の意識が芽生え始めたのは、きっとこの頃からだったと思われます。

ウショー・カレッジを四年で退学した八雲は、その後、フランスはノルマンディー地方のイヴトーにあるカトリックの寄宿学校に入学したといわれていますが、これについては確固とした証拠は見つかっていません。

なぜ日本にやって来たのか

十九歳の時、八雲は単身アメリカに渡ります。大叔母の遺産をだまし取られ、食いつめてのアメリカ行きでした。アメリカ人から国籍を問われると、彼はギリシャ人と答えたそうです。彼の二十代のポートレートを見ると、たしかにギリシャ人らしい風貌をしています（19ページ参照）。そこで、八雲はさまざまな職種（行商、電報配達人、ホテルのボーイ、ビラ配り、コピーライター、校正係など）に就きます。

そんなどん底生活にあっても、図書館などで読書をし、文章を書く訓練は怠らなかった八雲は、アメリカ社会の辛酸《しんさん》をなめ尽くした末にようやく、二十四歳の時に、ジャーナリズムの世界に活路を見出します。シンシナティ、ニューオーリンズなどで十六年に

小泉八雲 略年表

西暦	元号		年齢	出来事（▼は社会の出来事）
一八五〇	嘉永	3	0歳	ギリシャのレフカス島にアイルランド人の父とギリシャ人の母の次男として生まれる。名はパトリック・ラフカディオ・ハーン。父は軍医として西インド諸島へ単身赴任
一八五二	嘉永	5	2歳	父の故郷アイルランドのダブリンに移住
一八五三	嘉永	6	3歳	ダブリンに帰還した父と初対面　▼**クリミア戦争（～五六年）、ペリー浦賀来航**
一八五四	嘉永	7	4歳	病気の母が八雲を大叔母に託しギリシャに帰る
一八五七	安政	4	7歳	父母離婚。父はまもなく再婚
	万延			
一八六三	文久	3	13歳	英国ダラム市郊外のカトリック神学校に入学
	元治			
一八六六	慶応	2	16歳	遊戯中に左眼を打って失明
一八六七	慶応	3	17歳	大叔母の破産により神学校中退　▼**大政奉還**
一八六九	明治	2	19歳	親戚を頼って米国シンシナティへ。職を転々とする　▼**スエズ運河開通、版籍奉還**
一八七四	明治	7	24歳	日刊新聞「シンシナティ・インクワイヤラー」紙の記者となる
一八七七	明治	10	27歳	ニューオーリンズへ
一八七九	明治	12	29歳	食堂を開業。共同出資者の売上金持ち逃げによりすぐに閉店
一八八四	明治	17	34歳	『飛花落葉集』（『異文学遺聞』）出版
一八八五	明治	18	35歳	ニューオーリンズで開催された博覧会の日本館で服部一三に会う

育ての親である大叔母と
（7、8歳頃）

西暦	明治	年齢	事項
一八八七	20	37歳	西インド諸島のマルティニーク島で執筆活動を行う。『中国怪談集』出版
一八八九	22	39歳	ニューヨークに戻り、初めての小説『チータ』出版　▼**大日本帝国憲法発布**
一八九〇	23	40歳	**雑誌特派員として日本へ。** **四月**、横浜着。**六月**、特派員を辞める。**八月**、松江の島根県尋常中学校・同師範学校に英語教師として赴任。
一八九一	24	41歳	小泉節子と同居。熊本の第五高等中学校に転任　▼**大津事件**
一八九三	26	43歳	長男が生まれる
一八九四	27	44歳	**『日本の面影』全二巻出版**。　▼**日清戦争**（〜九五年） 神戸クロニクル社の論説記者となる
一八九六	29	46歳	入籍と帰化が認められ、小泉八雲と改名。 帝国大学文科大学の講師となり東京に移住
一八九七	30	47歳	次男が生まれる
一八九九	32	49歳	三男が生まれる
一九〇一	34	51歳	自宅隣の「瘤寺」の杉木立が伐り倒され、嘆き悲しむ
一九〇三	36	53歳	東京帝国大学講師の解雇通知を受け、学生たちによる留任運動が起こる。 長女が生まれる
一九〇四	37	54歳	早稲田大学文学科講師となる。　▼**日露戦争**（〜〇五年） 『怪談』出版。 心臓発作のため死去

渡米後の八雲
（1873年頃）

及ぶ新聞記者生活を送り、署名記事を書くライターとして、また作家として、評判も徐々に高まっていきました。

八雲は、このアメリカ時代に、ボードレールやゴーチェの詩などフランス文学の翻訳や、後年の『怪談』の先駆となる『中国怪談集』なども出版しています。また、その後二年にわたる西インド諸島のマルティニーク島での生活を経験しています[*1]。そして、一八九〇年四月、アメリカの雑誌社ハーパー・アンド・ブラザーズ社の特派員として、いよいよ日本にやってきます。この時、三十九歳でした。

八雲の東洋への関心は二十六歳頃から芽生えていましたが、日本行きを決断する大きなきっかけとなったのは、一八八五年、三十五歳の時に、ニューオーリンズ万国産業綿花百年記念博覧会の会場で、日本政府派遣の事務官、服部一三《いちぞう》と親交を結んだこと、そして一八八九年頃、雑誌「ハーパーズ・マンスリー」の美術主任ウィリアム・パットンから、イギリスの言語学者バジル・ホール・チェンバレン[*2]が英訳した『古事記』を借りて読んだことだといわれています。八雲はこの英訳『古事記』に大いに感銘を受けたようで、日本到着後、改めて同書を購入しています。

日本に来たのはハーパー・アンド・ブラザーズ社の雑誌の特派員という形でしたが、八雲の中にはとにかく日本にどうしても行きたいという思いがあったのでしょう。その証拠に、彼は四月四日に船で横浜に到着した翌日には、帝国大学（後の東京帝国大学、現在の東京大学）で教鞭《きょうべん》を執っていたチェンバレンに宛てて、就職斡旋《あっせん》依頼の手紙を書いています。そして六月上旬には、同行した挿絵画家よりも契約条件が不利なことを不満に思って、同社との特派員契約を解除して絶縁します。

その時の英文の絶縁状が発見されましたが、内容は八雲のイメージと異なり、かなり好戦的で激しいものです。八月下旬には、チェンバレンの仲介を経て島根県尋常中学校、同師範学校（それぞれ現在の島根県立松江北高等学校、島根大学教育学部の前身に当たる）の英語教師として赴任します。以後、熊本、神戸、東京と転々としますが、一九〇四年九月二十六日に東京で亡くなるまでの十四年間、日本を離れることはありませんでした。

一目で恋に落ちた日本を生き生きと描く

『日本の面影』は、八雲が日本にやってきて初めて書いた作品集です。一八九四年、ボストンとニューヨークのホートン・ミフリン社から出版されたこの紀行エッセイは、全二巻、計七百ページを超える大著で、序文を含む二十七編が収められています。私の翻訳は『新編　日本の面影』『新編　日本の面影Ⅱ』として、二冊本の文庫本（角川ソフィア文庫）に収められていますが、代表作の二十編を訳出したものです。

八雲はこの大著を、驚いたことに実質的にほぼ二年間で書き上げています。古い日本文化へのフォークロア的な関心が主流をなしているとはいえ、到着直後の横浜と鎌倉での感動体験、神話の国・出雲への旅、松江の珍しい風物や教師としての生活ぶり、日本人特有の微笑の謎についての考察など、全二十七編の多岐にわたる主題を考えると、八雲の取材の早さと筆の速さには驚かざるをえません。

また、この作品集がどのくらいの時期を扱っているかというと、来日当日の一八九〇年四月四日から、松江を去る一八九一年十一月十五日までの一年七か月です。いかに日本に心酔していたとはいえ、本書における八雲の直観的な日本理解の深さと確かさ、そして文学的完成度の高さを考えてみると、この短い期間にこれだけの大部の書を著すことができたのは、一つの奇跡のようにも思われます。

『日本の面影』は、今日でも、日本の文化に関心をもつ欧米の人々にも読み継がれています。松江や出雲を訪れる外国人客の中には、この作品を手にしている人もいるそうです。八雲のひ孫の小泉凡[*3]さんは、この作品は近代の『出雲国《いずものくに》風土記《ふどき》』だとおっしゃっていましたが、私は日本の古代社会への道案内でもあることから、現代の『古事記』であると考えています。

『日本の面影』全二巻 内容構成

Glimpses of Unfamiliar Japan in Two Volumes

Vol. I
第一巻

PREFACE
はじめに

1 *MY FIRST DAY IN THE ORIENT*
東洋の第一日目

2 *THE WRITING OF KOBODAISHI*
弘法大師の書

3 *JIZO*
地蔵

4 *A PILGRIMAGE TO ENOSHIMA*
鎌倉・江ノ島詣で

5 *AT THE MARKET OF THE DEAD*
盆市

6 *BON-ODORI*
盆踊り

7 *THE CHIEF CITY OF THE PROVINCE OF THE GODS*
神々の国の首都

8 *KITZUKI: THE MOST ANCIENT SHRINE IN JAPAN*
杵築――日本最古の神社

9 *IN THE CAVE OF THE CHILDREN'S GHOSTS*
子供たちの死霊の岩屋で――加賀の潜戸

10 *AT MIONOSEKI*
美保関にて

11 *NOTES ON KITZUKI*
杵築雑記

12 *AT HINOMISAKI*
日御碕にて

13 *SHINJU*
心中

14 *YAEGAKI-JINJA*
八重垣神社

15 *KITSUNE*
狐

Vol. II
第二巻

1 *IN A JAPANESE GARDEN*
日本の庭にて

2 *THE HOUSEHOLD SHRINE*
日本の祭壇

3 *OF WOMEN'S HAIR*
女性の髪型について

4 *FROM THE DIARY OF AN ENGLISH TEACHER*
英語教師の日記から

5 *TWO STRANGE FESTIVALS*
二つの珍しい祭日

6 *BY THE JAPANESE SEA*
日本海に沿って

7 *OF A DANCING-GIRL*
舞妓

8 *FROM HOKI TO OKI*
伯耆から隠岐へ

9 *OF SOULS*
魂について

10 *OF GHOSTS AND GOBLINS*
幽霊と化け物

11 *THE JAPANESE SMILE*
日本人の微笑

12 *SAYONARA !*
さようなら

八雲は日本に来てから亡くなるまでの十四年間に十三、四冊の作品集を残しています。その中で最もエキサイティングでおもしろいのは、第一作であるこの『日本の面影』ではないかと思います。広く知られているという意味では、『怪談』に軍配が上がりますが、長所、短所を含めて八雲らしさが最も表れているという点では、『日本の面影』は日本時代の代表作といってよいでしょう。

『日本の面影』という作品の中では、八雲は日本という〝恋人〟と恋愛状態にあり、日本のすべてを愛し、日本のすべてを追い求め、日本のすべてを自らの胸に抱きとめようとしているかのように見えます。また、まるで日本という〝母親〟を求めている無邪気な子供のように振る舞っている、と映る時もあります。

その中には、読んでいるほうが面映ゆくなるようなナイーヴな日本賛美があるかと思えば、いささか極端と思える西洋批判も出てきます。しかし、私たち現代の日本人にとっては、『日本の面影』はむしろ、日本の良さや伝統を見なおす上で大切な、相対的な視点——西洋至上主義からの脱却——を示してくれるように思います。私たちは、そろそろ、八雲を通して、日本文化の根っ子の所を見なおす時期に入ったのを痛感します。

息の長い華麗な文体

『日本の面影』は、もともとは、欧米の読者向けに英語で書かれたものですが、その文体には大きな特徴があります。それは、きわめて十九世紀的な、装飾語の多い、息の長い凝った文体です。本書の特色の一つは、八雲のかすかに震えるような、朦朧《もうろう》とした美文調の文体の息づかいにあるともいえます。

修飾語を多用した自然描写の例を、序文の次に収められた「東洋の第一日目」から一つ拙訳で挙げてみましょう。道中で出会う人、街、自然、目にするものすべてが驚きに満ちているという中、八雲は高台にある寺の門前に立ち、ふと振り返ったところで、「えも言われぬ麗しい幻影」が聳《そび》え立っているのを目にします。

ただひとつそびえ立つ、その雪の高嶺《たかね》は、薄もやに霞《かす》む絶景で、心が洗われるように白い。太古の昔からなじみのあるその輪郭を知らなければ、人はきっと雲だと見まがうことだろう。山の麓《ふもと》の方は、空と爽《さわ》やかに色が溶けあってしまい、はっきりとは見えない。万年雪の上に夢のような尖峰《せんぽう》が現れる姿は、まるでその山頂の幻影が、輝かしい大地と天との間にぶら下がっているかのようだ。これこそ、霊峰不二の山、富士山《ふじやま》である。

原文（*My First Day in the Orient*）の英語ではこうなっています。

—one solitary snowy cone, so filmily exquisite, so spiritually white, that but for its immemorially familiar outline, one would surely deem it a shape of cloud. Invisible its base remains, being the same delicious tint as the sky: only above the eternal snow-line its dreamy cone appears, seeming to hang, the ghost of a peak, between the luminous land and the luminous heaven,—the sacred and matchless mountain, Fujiyama.

原文についてまずいえるのは、一文の長さです。日本語訳では読みやすさを考えて、私は五つの文に区切って訳していますが、英語の原文ではこれでたったの二文です。また、「心が洗われるように」「輝かしい」「えも言われぬ」「神々しい」といった、やや大仰な表現が多用されているのも、『日本の面影』の文体の特徴です。こうした長ったらしい八雲の文体の背景には、この時代に発達した写真の技術や、風景を精密に描く細密画への意識があったのではないか、と私は見ています。

長々とした文章を読まなくても、写真やリアリズムの絵画を見れば分かるではないか、という時代になってきた中で、対抗するようにすべてを絵画的な文章で描写したいという八雲なりの作家としての野心があった。それが、このような大仰にしてかつ細かい風景描写につながっているのではなかろうかと推測しています。

同時に、このような装飾過多の文体は、八雲の日本の〝地霊〟との対話や照応《コレスポンダンス》から、おのずと紡ぎ出されてくるものともいえるでしょう。大仰な表現の多用は、ともすると批判されがちな美文調の特徴でもありますが、それによって、表現に一種の迫力やリアリティーを持たせていることもまた事実です。

そうであれば、これらの過剰な形容語句は、八雲にとって空疎なものではなく、出雲や松江の地霊を呼び出すための「枕詞《まくらことば》」のような言霊《ことだま》そのものだったのかもしれません。そして、彼は息の長い絵画的な文体に乗せて、ケルトとギリシャの血を引く自己の魂と、出雲という土地の地霊との間の照応を、丹念に記録していったといえるのではないでしょうか。また、そうすることによって、自己の内面に眠っている無意識の記憶をたぐりよせ、それに表現を与えていったのかもしれません。

一方で、新聞記者出身である八雲には、ルポライターとしての技量も十分備わっており、すべてが朦朧とした美文調で書かれているわけではないことも付け加えておきたいと思います。八雲の紀行文の醍醐味は、まず、その土地土地の自然や人間の魂と向き合いながらも、きちんと事実関係の具体的なディテールもおさえて書かれている点です。『日本の面影』は、八雲の印象派風の言語芸術家《ワードペインター》としての美意識と、足で稼ぐルポライター的な活力《エネルギー》とリアリズムと、さらには民俗学者的な特異な嗅覚《きゅうかく》とが、渾然一体《こんぜんいったい》となった仕事《ワーク》と評価することができるでしょう。したがって、文章の意味をいちいち追うより、絵画的文体を目で楽しみ、かつその文体の音楽性を読んで味わうのが、よい鑑賞法かもしれません。

なぜ『日本の面影』を書いたのか

『日本の面影』は、「はじめに」という序文で始まります。この序文は、この著作のプロローグであると同時に、自分はこれから日本でこういう文学活動をするのだ、という一種のマニフェストにもなっていますので、無視できません。八雲の作家としての基本姿勢が表明されているからです。

「はじめに」で、八雲は大きく分けて四つのことを述べています。

一つ目は、日本の知識人や上流階級に対する批判です。日本のインテリは西洋のことばかり追いかけていて、迷信とか宗教には関心を示さないといっています。西洋の最先端の学問を取り入れるのに急で、日本の文化の本当の良さを知らない人たちだと批判しています。この八雲の指摘は、今日の知識人批判としても当てはまるのではないでしょうか。

二つ目として、返す刀で日本の本当の良さというものは庶民の中にある、普通の人々の中にこそある、と述べています。これも、日本の知識人批判とも考えられますが、八雲の言葉を引きましょう。

日本人の生活の類《たぐい》まれなる魅力は、世界のほかの国では見られないものであり、また日本の西洋化された知識階級の中に見つけられるものでもない。どこの国でもそうであるように、その国の美徳を代表している庶民の中にこそ、その魅力は存在するのである。

これに続けて、日本の古い伝説や神話、消えていこうとしているお祭りといったものにこそ、本当の日本がある、と八雲は主張します。まさに反時代的な立場の表明です。そして、本当の日本は、日本人の並外れた善良さ、辛抱強さ、素朴な心などにある、と述べています。

三つ目の提示も、きわめて八雲らしい主張です。人間というものは「事実」に依存して生きるよりも、むしろ「幻想」や「想像力」に頼る生き物である、とはっきりと述べています。これは、のちに『怪談』に結実する、八雲文学を貫く基本的な姿勢であるばかりか、人間にとっての「本当の真実とは何か」に迫る見解といえます。

四つ目は、キリスト教と西洋文明批判です。彼は産業革命を経過した時代のイギリスの変貌ぶりや、アメリカの競争主義、合理主義の社会の実情を見てきました。キリスト教を基盤とする西洋近代文明がどういうものであるか。それを日本が追い求めるとどういう結末を迎えるのかを予見しているのです。

この百二十年前の四つのマニフェストの問いかけは、二十一世紀を生きる私たちに今、重くのしかかっています。私たちは八雲の四つのマニフェストにどう答えることができるでしょうか。

八雲は来日前、ウィリアム・パットンに宛てて、日本における詳しい著作プランを書き送っています。その中で、自分の日本研究のやり方は「学者や新聞記者が書くような報告や説明ではなく、むしろ読者に生きた感覚を与えるものにしたい」と語っています（一八八九年十一月二十九日付、パットン宛書簡）。

つまり、日本人の生活の中に立ち入って、日本文化の本質や日本人の内面を、論文調ではなく、風変わりな随想風なものに仕上げたいという野心を抱いていたのです。そして読者に対しては、「今、日本に八雲と一緒にいるのだ」という感覚を与えたいと願っていました。その彼の願いを実現したのが、『日本の面影』という作品に他なりません。自分の紀行文学は、学問的・分析的なものではなく、目に触れた人々や自然や物への照応と共感の産物である、と八雲は考えていたのです。「はじめに」の四つの文学的マニフェストには、鋭い近代批判を含むものの、少なくともその野心の第一段階の達成感が吐露《とろ》されていると思われます。

内なるghostが蠢めく

では、八雲にとって紀行とは、旅とは何なのでしょうか。

彼は日本への出発前、アメリカで「幽霊《ゴースト》」というエッセイを書いています。その中で、自分の内には絶えず蠢《うごめ》いているものがある、といっています。その内なる魂の蠢きのようなものを、八雲は「ゴースト」、自分の内なる「幽霊」と呼んでいるのです。その一節を拙訳で引いてみます。

思うに、生まれ故郷を離れて旅したことのない人は、幽霊《ゴースト》というものを知らずに一生を過ごすのではないだろうか。しかし、漂泊《ひょうはく》の旅人は幽霊のことをよく知っているようだ。漂泊の旅人というのは、文明人のことである。何かの目的や楽しみのために旅をするのではなく、ただひたすら己れの存在につき動かされて旅に出る人のことである。

内に潜んだ生まれつきの性《しょう》が、たまたま自分の属してしまった社会の安逸な情況に溶け込めない。そのような人は教養も知性もありながら、わけもなく奇妙な衝動の虜《とりこ》になっているにちがいない。その衝動が抗《あらが》いきれないほど圧倒的で、しかも世俗的な欲望をもことごとく蹴散《けち》らしてしまうことに、本人自身も戸惑ってしまうのだ。

（「幽霊」、『さまよえる魂のうた』所収）

八雲の内面で蠢いているものは、一つは「旅への衝動」でした。八雲にとって「旅」とは、未知の世界を知ると同時に、自分と向き合うための「旅」だったといえます。八雲の文学は、そういう意味で、他者と自己との照応・共感の文学であるとともに、旅をとおしての自分との出会いなおしを綴《つづ》った文学といえるかもしれません。その一端を、「はじめに」に続く名篇「東洋の第一日目」の中に見ていきましょう。

お伽の国で「私」と出会う

「東洋の第一日目」は、そのタイトルどおり、八雲の日本での最初の日（一八九〇年四月四日）の体験を中心に記録した記念碑的な文章です。いくぶんか感傷的でありながらも、浮き浮きした気分の伝わってくる躍動感溢れる作品です。

早朝の横浜港に到着した八雲は、早速、人力俥《じんりきしゃ》で横浜の街を巡るのですが、澄み切った青空、人力俥を引くわらじ履きの俥夫、店先に揺れる濃紺ののれん、そこに書かれた美しいかなや漢字など、目にするすべてを驚きをもって眺めながら、「まるでなにもかも、小さな妖精《ようせい》の国のようだ」と語ります。そして、俥夫や街ゆく人のまなざしに「驚くほどの優しさ」を感じ、こう書きとめます。

このような思いやりのある、興味のまなざしや笑みを目の当たりにすると、初めてこの国を訪れた者は、思わずお伽《とぎ》の国を彷彿《ほうふつ》としてしまうことだろう。こうした表現はたしかにありふれていて、うんざりするかもしれない。誰もが口を揃《そろ》えたように、この地の第一印象を、日本はお伽の国で、日本人はお伽の国の住人だと表現する。しかしながら、正確に描写することなどほとんど不可能な世界を初めて表現しようとすれば、同じ文句におさまってしまうのも、無理からぬことではないか。（中略）イギリスの民話を聞いて育った想像力の持ち主なら、これこそが、昔夢見た妖《よう》精《せい》の国の現実だ、と錯覚してもいたし方はなかろう。

桜のほころび始めた春、八雲は日本と決定的な出会いを果たしたのです。彼はすっかり日本に魅せられてしまい、来日初日のうちに長期の滞在を決意したと伝えられています。また親しい友人に宛てて、「私が東洋に来ているとは想いもよらぬことでしょうが、ここは、私の霊がすでに一千年もいる所のような気がします」と手紙を書き送っています。

この日、横浜の神社仏閣を暗くなるまで巡った八雲は、海辺のとある寺院で一枚の鏡と向き合います。この一節は、鏡を通して八雲が自分自身と向き合う不思議な場面です。

巨大な青銅の灯明入れが、まず目に入る。太いその軸の周りには、猛り狂う金竜が巻きついている。そこを過ぎようとしたとき天蓋《てんがい》から吊《つ》り下がっている、蓮《はす》の花の形をした花綱飾りに私の肩が触れ、小さな鈴が鳴った。まだものの形もはっきりと判別できないまま、私は探るように須弥壇《しゅみだん》へ近づく。しかし、老僧が一枚一枚障子を開けてくれたので、金ぴかの真鍮《しんちゅう》の仏具や碑銘に、光が降り注いだ。私は、渦巻状の蠟燭《ろうそく》立てが並べてある須弥壇の上に、ご本尊を探した。しかし、そこに見えたのは鏡だけであった。よく磨かれた金属の青白い円盤の中に、私の顔が映っている。そして、その私らしき鏡像の後ろには、遠い海の幻影が広がっていた。

住職の老僧に導かれて本堂に入ったものの、そこで見つけたものは、ご本尊ではなく、自分の顔を映し出す一枚の鏡でした。その後、八雲は老僧にすすめられるままに、一杯のお茶をいただき、旅の意味を問いはじめます。

鏡だけなのだろうか！　これは何を象徴しているのだろうか。幻影なのか、それとも、宇宙はわれわれの魂の反映としてのみ存在するということなのか。それとも、仏は自分自身の心の中に求めよという、中国古来の教えなのであろうか。いつの日にか、その謎ははっきりするであろう。

（中略）

そのとき、あの私を映し出した鏡像が、再び私の心に甦ってきた。私は、自分が探しているものを、私以外の世界に、つまり、私が心に思い描く空想以外のところで、見つけることができるのだろうか。私にははなはだ怪しく思われた。

八雲の紀行文の終わりには、哲学的な瞑想にひたる一節が、必ずといってよいほど挿入されます。この部分もその一例でしょう。八雲はここで、日本での旅の意味、自分自身を求める旅の意味を問い返しています。自分を探す旅とは、究極的には、自分の心の中――それは空想か幻影にすぎないかもしれない――にしか見つけられないものではないのか。

鏡に映し出された自画像（自己）との出会いは、自分自身を探求し、新たな自分と出会うための旅の始まりを告げている象徴的な出来事のように思います。同時に、これからの日本での十四年間に及ぶ旅のプロローグとして、ふさわしい一つの事件ではなかったかと思われます。

西洋人には神道は理解できない

先ほども述べたように、八雲の紀行文の特徴は、新聞記者として鍛え上げた、細かく記述するというリアリスティックな描写力と、その現象の奥に潜んでいる日本人の信仰や精神性を摑みだす直観力が、両輪となって発揮されている点にあります。こうした八雲の感性やアプローチの方法は、当時西洋から来日していた多くの日本研究者たちとは大きく異なるものでした。

当時設立された「日本アジア協会」[4]という日本研究の団体では、先ほど紹介したチェンバレンや、外交官のアーネスト・サトウ[5]らが日本文化の研究を進めていました。しかし、彼ら西洋の日本研究者、いわゆるジャパノロジストたちは、日本古来の信仰である「神道」というものがどうしても理解できませんでした。自然の中に神を見るという自然信仰は宗教としては認められない、というようなことを口々にいっています。

八雲はこれに対しはっきり反論しています。第2章で詳しく取り上げますが、「杵築《きづき》──日本最古の神社」という作品の最終章で、名前こそ挙げていませんが、一連の西洋人の日本研究者たちは文献のみに頼っているから神道を理解できないのだ、と批判しています。

もちろん、当時の欧米の学者による日本研究については、帝国主義や植民地政策という国家の政治的背景があったことを考慮する必要があるでしょう。チェンバレンが『古事記』を英訳したのも、『古事記』の持つ物語性や文学性に関心があったからではなく、そうした帝国主義的な時代背景下にあるイギリス学界に対する貢献というのが主な理由でした。

イギリスは産業革命を推進し、数多くの植民地を獲得した結果、十九世紀半ば頃には世界に冠たる大英帝国にのし上がっていました。イギリスの学界、とりわけ人類学や比較神話学の世界においては、イギリスの植民地獲得という膨張政策と同時に、世界の国々の文化や風俗、習慣などに関心が向かうようになっていたのです。

そうした時代背景の下での『古事記』英訳ですから、これは一種の敵性研究といってよいでしょう。チェンバレンの英訳『古事記』は、そういう時代のイデオロギーの風潮の中で生まれてきた学術研究だったわけです。

では逆に、八雲は、なぜこうした日本研究者とは異なるアプローチで日本に関わることができたのでしょうか。理由は二つほどあると思われます。一つは、彼の出自です。アイルランドとギリシャの血を引く八雲は、子供の頃に乳母からアイルランドの民話や民謡を聞かされたり、生き別れた母とつながるギリシャ文明に強い憧れを抱いたりしていました。

アイルランドもギリシャも、古くは多神教の世界です。八雲は、あらゆる自然に神々が宿る日本の神道に、抵抗なく共鳴できる素地を生まれながらにして持っていたのでしょう。

もう一つは、大旅行家であり、ジャーナリストであったという彼の資質です。八雲は日本に対し、学問的な分析や、文献学的な読解から迫っていくことはしませんでした。

そうではなく、とにかく日本を旅し、心身共に日本に没入し、全身全霊で日本と日本人とに共鳴・共感しようとしました。事実、彼の『日本の面影』は、読者が八雲と一緒に旅し、一緒に生活をしているような臨場感に溢れています。

またおもしろいことに、『日本の面影』の紀行文の文体には、現在形が多用されており、過去形や完了形はあまり使われていません。日本語に翻訳する時は「でした」と過去形にしないと収まらない場合もありましたが、とにかく彼の旅の文章には、今、八雲と一緒に歩いている、笑っている、ものを食べているという「現在進行形」の感覚があるのです。

この文体は作家としての一種のテクニックかもしれませんが、読者との独特な親和作用があります。あるいは、この読者との共感の同時感覚は、八雲の生き方そのものといってよいかもしれません。日本人や日本文化との正面からの向き合い方というものを、彼の文体の息づかいから感じ取ることができます。

「あらゆる理解は、愛を通してなされる」

そうした八雲の日本理解のあり方を一言で言い表しているのが、チェンバレンの八雲に対する最大限の評価である「あらゆる理解は、愛を通してなされる」という言葉だと私は思います。日本に対するアプローチは異なるものの、チェンバレンと八雲は、日本において親密な親交を結んでいました。松江の英語教師の仕事を八雲に斡旋したのも、のちに八雲に帝国大学の講師の職を紹介したのも、チェンバレンでした。

八雲は、日本学の権威であるチェンバレンの胸を借りて、日本文化の研究を進めていったのですが、二人のあいだにはかなりの分量の往復書簡が残されていて、今でも読むことができます。

チェンバレンは『日本事物誌』第五版を八雲没後の一九〇五年に再版しましたが、「日本関係書」の項目で、リヒャルト・ワーグナー[*6]の言葉を引いて、八雲に対してこの上ない讃辞を送りました。

細部における科学的正確さが、繊細で柔和で華麗な文体と、これほどうまく結合している例は、かつてほかにないであろう。これらの真に深みのある創見にみちた著作に接すると、私たちはリヒャルト・ワーグナーが言った言葉の真実を感ぜずにはいられない。「およそあらゆる理解は、愛を通してのみ、我等にいたる」。

ハーンは誰よりも深く日本を愛するがゆえに、今日の日本を誰よりも深く理解し、また、他のいかなる著述家にもまして読者に日本をより深く理解させる。

第五版のチェンバレンの『日本事物誌』における八雲への称賛は、大変印象深いものです。なぜなら、八雲の作品を読むと、私たち日本の読者は、八雲の日本についてのあらゆる理解は「愛を通してなされた」ことが、まさに確信されるからです。チェンバレンは、この第五版を読むかぎり、八雲の最大の理解者のように思われました。

しかし、のちにチェンバレンと八雲は、日本観の違いから疎遠になっていきます。そして、チェンバレンが帰英後に刊行した同書の第六版（一九三九）では、「日本関係書」の項目の代わりに「ラフカディオ・ハーン」という新項目を設けました。しかもまことに残念なことに、「これらの真に深みのある創見にみちた……」以下の部分は、削除されてしまいます。その評価に取ってかわって、八雲への批判と非難がましい悪口が加筆されました。母国英国に戻ったチェンバレンからは、すでに八雲を評価する眼力が失われていたのです。

＊1　マルティニーク島

カリブ海の西インド諸島東部の島。一六三五年、フランスによる植民地化が始まり、一九四六年にフランスの海外県となった。

＊2　バジル・ホール・チェンバレン

一八五〇〜一九三五。イギリスの言語学者。一八七三年に来日し、帝国大学文科大学教授として教鞭をとる。日本に言語学を導入。一八九〇年『日本事物誌（*Things Japanese*）』を出版。一九一一年に日本を去る。

＊3　小泉凡

一九六一年生まれ。島根県立大学短期大学部教授で、専門は民俗学、ケルト口承文化研究。小泉八雲・セツ夫妻の長男である一雄の孫に当たり、小泉八雲記念館館長、焼津小泉八雲記念館名誉館長も務める。

＊4　日本アジア協会

一八七二年、横浜で創設。英語で書かれた日本研究書が乏しかった当時、来日した欧米人が集まって、日本についての知見を深める研究会を発足。八雲も参加していた。

＊5　アーネスト・サトウ

一八四三〜一九二九。イギリスの外交官。日本名として佐藤愛之助とも名乗る。イギリス領事館員、公使として二度来日。日本・東洋研究家としても多くの業績を残した。著書に『一外交官の見た明治維新』など。

＊6　リヒャルト・ワーグナー

一八一三〜八三。ドイツの作曲家。総合芸術をめざして楽劇を創作。作品に「ニーベルングの指環」など。

第2章──全身全霊で日本文化を体感

盆踊りに感動する

横浜の寺での鏡との遭遇による自己への気づきを経て、八雲はさらに深く日本に入り込んでいきます。その、いわばDeep Japanへの参入の記念碑的作品が、『日本の面影』所収の「盆踊り」です。一八九〇年八月二十八日、松江に英語教師として赴任する道中、八雲は鳥取県の上市《うわいち》（現在は西伯郡大山町に属する）に投宿します。

当時は鉄道が東京から姫路あたりまで延びていましたので、神戸までは鉄道、そこからは人力俥に乗り換えての旅でした。横浜で知り合った青年僧、真鍋晃《まなべあきら》が通訳として同行していました。彼は通訳としてだけではなく、八雲に仏教についてかなり詳しく教えてくれた重要な人物です。晃は、作品の中にしばしば登場する青年です。

この「盆踊り」という作品は、「はるかな山々を越えた向こうに、古代の神々の国、神代《かみよ》の国出雲《いずも》がある」という、読者への印象的な呼びかけから始まっています。この作品は、近代社会から古代社会へ、仏教文化圏から神道文化圏へと向かう、八雲のきわめて霊的《ゴーストリー》な旅の記録といえます。「盆踊り」は、もう一つの日本、出雲というDeep Japanに向かう旅の道すがらに体験した序曲的な不思議な作品といえます。

上市で小さな古びた宿に入った八雲は、まず、その外観に反して宿の内部が驚くほど清潔なこと、また内装のしつらえや調度品の美しいことに目を見張ります。「この村落は、美術の中心地から遠く離れているというのに、この宿の中には、日本人の造型に対するすぐれた美的感覚を表してないものは、何ひとつとしてない」と感嘆しています。八雲は一般庶民の美意識の高さに注目しているのです。

そして、女将の心づくしの食事を堪能した八雲は、その日の夜、先程の晃に誘われて、近くの妙元寺の境内で行われていた盆踊りを見学するのです。

盆踊りの輪の娘たちが、八雲の眼の前で踊っています。その踊りは八雲が初めて見るものであり、唄声も初めて聞くものでした。太鼓も踊りの手つきも、リズムのきざみ方も、西洋の音楽とはまったく違っている。

ニューオーリンズや西インド諸島のマルティニーク島で暮らした経験がある八雲ですから、民族的な音楽に対する共感の気持ちは、人一倍あったことと思います。しかし、それともまったく違うものうく、いささか単調な日本の音階に、八雲は大変感動するわけです。その盆踊りの光景を「何か夢幻の世界にいるような踊りであった」と記しています。

人間の感情は万物に共振する

では、盆踊りの何がそれほど八雲を惹きつけたのでしょうか。盆踊りとは、本来は亡くなった人の霊を呼び、その霊とともに踊り手が踊るものです。そうすることで、死者と生者が交わり、交流する。あるいは、死者と生者のあいだに何か霊的な照応《コレスポンダンス》が起こるといってもよいでしょう。八雲は盆踊りを見ているうちに、死者と生者の魂の交感、響き合いを体験したのです。彼はこの体験を回想しながら、次のように記しています。

あの素朴な村娘たちの合唱によって私の胸に湧《わ》き起こった、あの感動は、いったい何だったのだろう——床につきながら、私はそんなことを考え始めていた。あの絶妙な間合と、断続的に歌われた盆踊りの唄の調べを思い出すことは難しい。それは、鳥の流れるようなさえずりを、記憶の中に留《とど》めておけないのと同じである。しかし、その何ともいえない魅力は、いつまでも私の心から消え去らないのである。
西洋のメロディなら、それが、私たちの胸に呼び起こす感情を言葉にすることもできるであろう。それは、自分たちの過去を遡《さかのぼ》る、すべての世代から受け継がれてきた母国語のように、われわれになじみのある感情でもあるからだ。ところが、西洋の歌とはまったく異なる、原始的な唄が呼び起こす感情は、いったいどう説明すればいいのであろう。あの音色は、われわれの音楽言語である音譜に移しかえることさえできないのではないだろうか。

この「盆踊り」という作品は、精霊に捧げる娘たちの舞いのリズムと、西洋人である八雲の身体とが共振し合いながら書かれたものです。生者が死者の霊を迎えて共に舞う盆踊りは、霊的なコズミックダンス（宇宙的な舞い）といってよいものですが、この作品は八雲の身体も霊魂もその踊りの輪の中に入っていき、死者と娘たちと一緒に舞っているといった感覚で書かれています。

八雲は耳慣れない音階と歌声に捕えられながらも、その捕われている自分自身の不思議な感情について、作品の終わりで次のように自身に問いかけています。

そもそも、人間の感情とはいったい何であろうか。それは私にもわからないが、それが、私の人生よりもずっと古い何かであることは感じる。感情とは、どこかの場所や時を特定するものではなく、この宇宙の太陽の下で、生きとし生けるものの万物の喜びや悲しみに共振するものではないだろうか。

八雲は妙元寺で盆踊りに没入しながら、ニューオーリンズやマルティニーク島で感じたのと同様の、なつかしい感情と感動を味わったのです。異国で味わうこの「なつかしい」という感情は、いったいどこからやって来るのでしょうか。八雲自身が「なつかしさ」を感じる未知なるものとの出会いとは、いったい何なのでしょうか。

八雲は初めて見た「盆踊り」の舞いと唄声を通じて、人間と万物に共通する喜びと悲しみの情感をしみじみと感じ取ることができたのです。日本における盆踊りのリズムと自己の身体性におけるコズミックな共振を通じて、いってみれば、八雲はもう一人の自分、内なる自己と再び出会うことができたのではないでしょうか。

人間の感情とは場所や時に特定されず、万物に共振するもの——。八雲はこのように自身の感動体験を書きとめることによって、自分自身と出会う旅を続け、さらに日本と日本人の中へ深々と入っていく契機を摑んだものと思われます。

「私たち自身も一個の幽霊《ゴースト》にほかならない」

八雲は、生者と死者との霊的な交流である盆踊りに強く心をゆさぶられました。そこで、私は、この生者と死者のあいだに通い合い、響き合うもの、「霊的なもの《ゴーストリー》」とは何かを理解しておくことが、八雲の文学を読み解く重要な鍵になると考えています。

英和辞典でghostlyの項を引くと、訳語として「幽霊のような」「ぼんやりとした」などと出ていますが、八雲はこの形容詞をもっと広く、深い意味で使っています。八雲は、帝国大学で行った「文学における超自然的なるもの」（『さまよえる魂のうた』所収）という大変心そそられる講義で、この言葉を取り上げて説明しています。古代英語において「ゴーストリー」という言葉は、「霊の《スピリチュアル》」「超自然的な《スーパーナチュラル》」という意味も含んでおり、さらには、宗教上の「神の《ディヴァイン》」「聖なる《ホーリー》」「奇跡的な《ミラキュラス》」といわれるものも、すべてこの一語をもって説明していたと述べています。したがって、八雲にとって「ゴーストリー」とは、人間の内なる心＝「魂」を示す言葉でもあり、「神、宗教」をも表す言葉でもあったのです。

八雲の文学は、彼の魂とあらゆる存在物（超自然的なもの、自然や動植物、人間など）の内に宿る「霊的なもの」との響き合い、その照応によって生まれたものといってよいでしょう。八雲は同じ講義の中で「われわれが幽霊をめぐる古風な物語やその理屈づけを信じないとしても、なお今日、われわれ自身が一個の幽霊ghostにほかならず、およそ不思議な存在であることを認めないわけにはいかない」と述べています。

そして、だからこそ、科学が進んだ今日においても、世界中の人々は霊的な文学に喜びと楽しみを見出すのだ、と論じています。つまり、私たちの心の中に「ゴーストリーなもの」が存在しているからこそ、私たちは童話や昔話の夢の世界、そこに棲む妖精、妖怪、幽霊などに感応する想像力の翼を、何の不合理、不可解さを感じることなしに広げることができるのです。私たち自身も、一個の「幽霊」であることを忘れてはいけないでしょう。

さらに八雲は、その「ゴーストリーなもの」の想像力の翼を、人、自然、異文化などあらゆるものに対して広げていきました。合理的・効率的なシステムが社会に広がった今、私たちはつい物事を表面的に機械的に判断しがちです。また、自分と異なるもの、複雑で一見分かりにくそうなものに対しては、すぐに心の扉を閉ざしてしまうこともあるでしょう。

しかし、人が本当に感動したり、喜びを感じたりするというのは、自分の中にある「ゴーストリーなもの」と、相手の中にある「ゴーストリーなもの」とが、お互いに響き合う、共鳴し合うということなのです。八雲の文学は、そのようなゴーストリーな魂の響き合いの大切さを、また、私たち自身がそのように他者と響き合える「魂の共鳴器」を持っているのだということを、改めて教えてくれているような気がします。

幽霊とお化けに弄ばれた幼少時代

このように、八雲にとっての「ゴーストリーなもの」とは、非常に多層的な意味を持つものでした。しかしながら、彼がこのような考え方を持つに至った背景の一つには、そのものズバリの「幽霊体験」があると考えられています。八雲は幼少の頃に、二つの強烈な幽霊体験をしているのです。

一つ目の体験は、父母が八雲の元を去り、一人ダブリンの大叔母の館で暮らしていた時のことです。その頃を回想した「夢魔の感触」（『さまよえる魂のうた』所収）という作品によると、八雲は大叔母サラ・ブレナンの家の離れの部屋で、早めの夕食をすますと、乳母と離されて一人で寝るようにいいつけられていました。

その部屋は「坊やの部屋」と呼ばれていて、狭い陰鬱《いんうつ》な部屋だったそうです。夜になると、部屋は外から錠をかけられ、ランプを消して一人で寝なければなりませんでした。

八雲はその部屋で毎夜のように幽霊を見たのです。それは、極度の不安から見た幻だったのかもしれません。しかし、八雲はその幽霊たちによって、一生忘れることができないほど苦しめられたのです。実に恐ろしくも、不思議な幽霊体験です。これは八雲の幻覚なのか、実体験なのか、にわかには判断しかねます。

……正体の知れぬお化けがやってくるのが、はっきりとわかる。近づいてくる。階段を上ってくる。足音が聞こえる。（中略）幽霊は長い長い時間をかけてやってくる。ぞっとするような足音がしたと思うと、敵意があるかのように立ち止まった。それから、きしむ音もたてず、かんぬきを掛けた扉がゆっくりとゆっくりと開き、幽霊は部屋のなかに入ってくる。声にもならぬことをまくし立てながら、手を差し出し、わたしを摑《つか》むなり、暗い天井へ放り上げ、落ちてきたわたしをまた捕まえては、上へ、また上へと放り上げるのだ。

「顔なしお化け」体験が『怪談』の原点

もう一つの体験は、五、六歳の頃のいわゆる「顔なしお化け」体験です。「私の守護天使」（同じく『さまよえる魂のうた』所収）という作品に詳しく書かれていますが、そのあらすじを簡単に紹介しましょう。

大叔母の家に時折逗留《とうりゅう》する、一人の女性がいました。若くて背が高い彼女は、ローマ・カトリックに改宗したばかりの熱心な信者で、幼い八雲をたいそう可愛がってくれました。家のみんなからは「従姉妹《カズン》ジェーン」と呼ばれ、八雲もなついていました。

ある冬の朝、八雲はカズン・ジェーンから退屈なお説教を聞かされるはめになりました。がまんができなくなって、彼は思い切ってジェーンに質問をしました。「どうして他の人に気に入られるよりも、神様の思し召しにかなうようにすることの方が大切なのか、教えて欲しい」と。

するとジェーンは、幼い八雲を射るように見すえ、「坊や！　坊やが神様を知らないなんて、そんなことがあっていいのかしら？」と鋭く問い返しました。「神様が、坊やわたしをお創りになったことを知らないなんて？」

ジェーンは暗い悲しみの表情を浮かべたまま、「それなら、坊やを地獄に落とし、永遠の業火《ごうか》で生きたまま焼いてあげよう……！」と叫びはじめたのです。それから突然、ジェーンは泣きはじめ、ふいと部屋を出ていってしまいました。

幼い八雲は、このジェーンの狂信的ともいえる暴言と振る舞いを目の当たりにして、ひどく不幸な気持ちに陥りました。そしてジェーンを憎むようになり、死んでしまえばいいのにとさえ思うようになったのです。

季節は巡り、ある秋の夕暮れ時に、八雲は彼女に再会します。久しぶりに家のロビーでジェーンを見つけた彼は、「ジェーン姉さん！」と大声で呼びとめ、彼女の方に駆け寄ろうとしました。ジェーンは微笑みながら振り返ってくれると期待して、顔を上げました。

すると、「そこには、ジェーンの顔はなかった。顔の代わりにあったのは、青ざめた、のっぺりしたものだけだった。わたしが驚いて目を見張っているうちに、ジェーンの姿はかき消えてしまった」。あまりの恐ろしさに、八雲は叫び声をあげることさえもできなかったと告白しています。

ジェーンに顔がなかった、〈のっぺらぼう〉だったということは、いったい何を意味するのでしょうか。キリスト教の神の存在について厳しい説教を受けて以来、八雲にとって、ジェーンは拒否すべき人物となっていました。八雲が憎み、おびえ、死さえ願ったカズン・ジェーンへの強迫的な気持ちが、〈のっぺらぼう〉という幻影として八雲の前に立ち現れたのかもしれません。

また、この〈のっぺらぼう〉現象は、「存在すべきものがそこにない」という、八雲の内なる不安、〈対象喪失〉のトラウマを象徴しているものと考えられます。この〈対象喪失〉というべき「在るべきものが存在しない」というテーマは、『怪談』でも繰り返し出てくる八雲のオブセッションといえます。

ともあれ、この強烈な「顔なしお化け」体験は、八雲のキリスト教嫌いの決定的な端緒の一つとなりました。さらには数か月後、幼心にジェーンの死を願った八雲の心ない望みは、図らずも実現してしまいます。ジェーンは病に冒され、本当に亡くなってしまうのです。

この深刻な体験が、五十年近くを経た後に、〈のっぺらぼう〉という「顔なしお化け」

を描いた「むじな」という作品に結実した、と私は見ています。この強烈な幼年期のジェーンの「顔なしお化け」体験が、「むじな」という作品の原体験であったわけですが、皮肉なことではありますが、八雲の想像力の源泉の一つになっているのです。つまり、「あるべきもの（目や鼻や口）が顔にない、いるべき人（母）が傍《そば》にいない」という対象喪失への恐怖が、八雲文学の根底に流れているのです。

『古事記』の世界——出雲へ

「東洋の第一日目」で日本に入門し、「盆踊り」で仏教的世界に触れつつ、神々の世界、神道的世界への参入を果たした八雲は、いよいよ松江において、日本文化の根底にある神道に深く触れていきます。その核となる体験が、出雲大社への参拝でした。

「杵築《きづき》——日本最古の神社」は、その出雲大社探訪について書かれた貴重な体験記です。八雲は真鍋晃とともに、一八九〇年九月十三日の夜に出雲に到着すると、そのまま大社に出かけました。そして翌十四日に再訪して、正式の昇殿参拝を行っています。

当時でも今日でも、特別に許された人でない限り、本殿への正式参拝はできないと聞きますが、八雲は正式に昇殿を許された初めての西洋人だったといわれています。これは、出雲大社の宮司である千家尊紀《せんげたかのり》*1と親しく、島根県尋常中学校での八雲の同僚であり教頭であった、西田千太郎[*2]の紹介状が功を奏してのことでした。

「杵築大社」とは、出雲大社のもともとの名称です。『日本の面影』の「杵築――日本最古の神社」は八雲の最初の大社訪問を題材にして書かれていますが、八雲はその後も含めて合計三回参拝した記録が残っています。二度目の昇殿については、『西田千太郎日記』に「ヘルン氏ト共ニ大社ニ昇殿。[*3]（中略）非常ニ丁重ナル饗応ヲ受ケ夜半過テ帰ル、ヘルン氏大酔」と書かれています。八雲の感動がいかほどのものであったかが、伝わってきます。

八雲がそこまで何度も出雲大社に通った理由は、第1章でも紹介したように、イギリス人の日本学の大家チェンバレンの英訳『古事記』をアメリカ時代に読んでいたからです。八雲は出雲大社、つまり杵築大社にまつわる出雲神話にこそ、日本国誕生の秘密が語られていると考えていました。

「杵築――日本最古の神社」の冒頭を読んでみましょう。

日本には、神国《しんこく》という尊称がある。そんな神々の国の中でも、一番神聖な地とされるのが、出雲《いずも》の国である。この国を生み、神々や人間の始祖でもある伊邪那岐《いざなぎの》命《みこと》と伊邪那美命《いざみのみこと》が、青い空なる高天原《たかまのはら》より初めており立たれ、しばらくお留まりになっ

小泉八雲と『日本の面影』ゆかりの地

八雲が住んだ場所　●『日本の面影』で旅した場所　『日本の面影』での章タイトル

加賀の潜戸

鎌倉、江ノ島

出雲大社（杵築）

たのが出雲の地なのである。

伊邪那美命が埋葬されたという地も、出雲の国境にあり、そこから、伊邪那岐命は亡き妻の後を追って、黄泉《よみ》の国へと旅立ったのだが、ついに連れ戻すことはできなかった。その冥土《めいど》への旅と、そこで遭遇した事の次第は、『古事記』に残されている。あの世のことを描いた古代神話は数々あるけれど、これほど不可思議な物語は聞いたことがない。アッシリアのイシュタルの冥界下り[*4]でさえ、この話には足許《あしもと》にも及ばない。


大樹の並ぶ参道、宮司千家尊紀の神々《こうごう》しいまでの威厳、本殿内部、数々の宝物、巫女《みこ》の舞い、大国主命《おおくにぬしのみこと》の国譲りで知られる稲佐の浜[*5]……。

宮司や神官の案内で日本最古の神社を堪能した八雲は、最終章で「杵築を見るということは、今も息づく神道の中心地を見ることであり、十九世紀になった今日でも、脈々と打ち続けている古代信仰の脈拍を肌身で感じ取ることである」とその感動ぶりを記しています。

そしてこの作品の最後のところで展開するのが、第1章でも触れた、それまでの西洋の日本研究家たちの神道観への批判です。さすがに名指しはしていませんが、アーネスト・サトウ、チェンバレンらを想定していることは明らかです。

チェンバレンらの「神道には教義も聖典もなく、宗教に値しない」という見解に対し、八雲は「神道には、哲学もなければ、道徳律も、抽象理論もない。ところが、あまりにも実体がないことで、ほかの東洋の信仰ではありえなかったことであるが、西洋の宗教の侵入に抵抗することができた」と応酬しました。八雲の本質直観がさえているところです。

八雲は、西洋の日本研究者は神道関連の書物や注釈本に依拠しすぎて、かえって神道の本当の姿をとらえそこなっていると批判し、「神道の真髄は、書物の中にあるのでもなければ、儀式や戒律の中にあるのでもない。むしろ国民の心の中に生きている」と断じました。八雲はこのように書くことによって、西洋の日本研究者たちの無理解ぶりやキリスト教的偏見に一矢を報いたのです。

そして、八雲は「杵築」という作品を次のように結んでいます。

自然や人生を楽しく謳歌《おうか》するという点でいえば、日本人の魂は、不思議と古代ギリシャ人の精神によく似ていると思う。それは、誰しも認めることではないだろうか。私は、そんな日本人の魂を多少なりとも理解できればと思う。と同時に私は、いつの日か、古くは「神の道」と呼ばれたこの古代信仰の、今なお生きているその偉大な力について、語れる日が訪れることを信じてやまないのである。

八雲の神道理解の根っ子には、古代ギリシャの多神教的世界やケルトのアニミズム的[*6]世界観への理解があったのです。また、キリスト教の教義《ドグマ》から自由であったからこそ、自然信仰である神道に共鳴できたともいえます。

大国主命の出雲と母国アイルランドとの運命的な共振

八雲が日本の神道世界に共感できた背景には、第1章でも触れたように、彼がギリシャとアイルランドの血を引いていることがあると考えられます。また特に、松江に教職を得たのは偶然とはいえ、神道といっても天照大御神《あまてらすおおみかみ》をお祀りする伊勢神宮ではなく、大国主命をお祀りする出雲大社を訪れたというところに、八雲の運命のようなものを感じずにはいられません。

出雲大社に祀られている大国主命は、現代では縁結びの神様としても有名ですが、『古事記』においては「国譲り」を行った敗北の神として語られています。地上の神たる大国主命に対し、高天原に住む天照大御神は国を譲るよう迫りました。三回にわたる交渉の末、大国主命はついに国譲りに応じますが、その条件として、自分の住む処として、高く聳《そび》え立つ高殿を造ってほしいと申し出ます。

その交渉の結果、建造されたのが出雲大社です。大国主命は、あえて「勝ちを譲る」あるいは「負けて勝つ」ことによって、出雲の安定と平和を望んだのです。出雲の人たちは今でも、それを大国主命の「敗北」とはいわず、「和譲」の精神と呼んで、彼を讃えています。

出雲大社の本殿の高さは現在は二十四メートルですが、二〇〇〇年に発掘された柱によって、かつては四十八メートルだったことが分かっています。

このように敗北の神を祀る出雲の歴史は、八雲の父方の母国アイルランドの歴史とどうしても二重写しになります。アイルランドもまた、長きにわたり隣国イギリスの支配を受けてきた敗者の歴史を持つ国だからです。

作家の司馬遼太郎さん[*7]が『街道をゆく 愛蘭土《アイルランド》紀行Ⅱ』の中で、アイルランド人は、戦さにおいては百戦百敗の民であるが、彼らは一度も負けたとは思っていない、といったようなことを書いています。まさにその通りだと思います。アイルランド人にも出雲の大国主命にも、そういった負けじ魂、不撓不屈《ふとうふくつ》の精神が感じられます。

八雲は、アイルランドの敗北の歴史と大国主命の治めていた出雲の運命に、どこか響き合うものを感じとっていたのではないでしょうか。母国アイルランドの敗北の悲しみの歴史を潜在的に心に秘めていた八雲にとっては、古代出雲の敗北も、身近な歴史的現実と思われ、彼の魂をはげしくゆさぶったに違いありません。

日本の霊的世界への旅

松江で人生で初めての教師生活をスタートさせた八雲ですが、一方で友人や妻と共に精力的に出雲地方を旅して回りました。そこで、さらなる日本人の宗教観、死生観、古くからの民間信仰といったものに触れていきます。その一例を引いてみましょう。

「子供たちの死霊の岩屋で――加賀《かか》の潜戸《くけど》」という作品は、とりわけ八雲らしい哀感の漂う名作といえます。この作品は、現在の松江市島根町にある、子供たちの霊を供養する洞窟について書かれた探訪記です。

加賀の潜戸は、島根半島の北側に位置し、日本海の荒波をまともに受ける洞窟です。岩窟がたくさん立ち並ぶ加賀の潜戸は、昔も今も、盛夏の無風の日以外は――八雲の記述によれば「髪の毛三本動かす」程度の微風があっても――舟では近寄りがたい難所として有名な場所です。八雲は九月の上旬にこの洞窟に無事辿《たど》りつくことができました。私も五、六度は訪ねていますが、船で渡れたのは三度ほどです。

松江の中心街から人力俥で難路を越え、御津浦《みつうら》という村にやってきた八雲と連れの者——実は妻の節子だったようです——は、ここで舟に乗り、船頭の案内で潜戸へと進んでいきました。洞窟の奥へと進むうち、八雲は天井近くの白い岩の穴から白い水がしたたり落ちているのを目にします。

これが伝説の「地蔵の泉」で、死んだ子供たちの亡霊が飲むお乳の泉とされている。その白い水の流れは、速いときもあれば、ゆっくりのときもある。だが、夜だろうと昼だろうと、流れが止まることはない。お乳の出が悪くて困っている母親がここにお参りすると、その祈りが通じて、お乳がよく出るようになるらしい。また、お乳が出すぎる母親もここへ来て、余分なお乳を死んだ子供たちにお分け下さい、と地蔵様に祈る。そうすると、お乳の出が落ちつくのだという。少なくとも、出雲の百姓たちはそのように語り継いできた。

八雲らは、死んだ子供たちの霊が無数の小石を積み上げてできたとされるいくつもの塔が立ち並ぶ岩屋や、子供たちの亡霊のものとされる砂上の足跡などを見て回り、潜戸を後にします。

この作品は、哀れを誘う子供たちの死霊の帰還が話の主題となっていますが、道中の村人たちとのユーモラスな交流なども描かれており、荘厳な出雲大社訪問から一転して、当時の日本の庶民の信仰や生活ぶりを探った秀作となっています。

八雲がこの作品を完成させたのは、潜戸探訪からわずか二週間ほど後の九月二十二日でした。筆の速さから推測すると、潜戸での体験は、八雲に深い感動をもたらしたものと想像できます。小さきもの、名の無きものへの哀れみと共感が、八雲文学の基調となっているのがしみじみと伝わってくる名品といえます。

八雲は大の海好きで泳ぎの名手でした。「生神様」や「焼津にて」など海に関する作品をかなり書いていますが、鳥取県の日本海沿岸各地を旅して回った時の体験を綴ったものが、「日本海に沿って」です。この作品は、八雲の海文学の中でも特筆すべき傑作の一つです。

この作品では、左手に青い海原、右手に海のように広がる緑の稲田を眺めながら、人力俥の旅を続けるのどかな様子が描かれています。八雲は浜村温泉の宿に泊まりますが、宿の女中から「鳥取の布団」という古い話を、また妻の節子からは、持田《もちだ》の浦《うら》という村の「子捨ての話」を聞いたと記しています。

「日本海に沿って」の第九章と第十章に挿入されたこの二つの話は、晩年の『怪談』につながる再話文学世界の予兆ともいえるもので、この「日本海に沿って」という作品に独特な味わいを加えています。

ここでは、「鳥取の布団」の内容を簡単に紹介しましょう。

鳥取の町の小さな宿屋に、旅の商人が宿泊しました。夜、布団に入るとどこからか、「あにさん、寒かろう」「おまえ、寒かろう」という子供の声がします。商人は行灯《あんどん》の明かりをつけてあたりを見回しますが、誰もいません。再び横になったところで、商人はぞっとします。その声は、布団の中から出ていたからです。商人はあわてて荷物をまとめ、宿を飛び出しました。

おかしいと思った宿の主人が、自分もその布団で寝てみたところ、たしかに子供の声がします。その布団を買った古道具屋に確かめたところ、その布団は、病で父母をなくし、幼くして二人取り残された兄弟のものでした。

兄弟は食べ物を買うため、手元の物を売り、最後に残ったのがその布団でした。二人はその布団の中で、「あにさん、寒かろう」「おまえ、寒かろう」と互いを気遣っていたのですが、無慈悲な大家にその布団を取り上げられて雪の夜に家を追い出され、亡くなってしまったのです。

宿の主人はその布団を寺に寄進し、お経をあげて二人の霊を供養しました。すると、布団からは声は聞こえなくなったそうです。

八雲が日本で初めて聞いた怪談は、「鳥取の布団」だといわれています。この「鳥取の布団」の採話は、八雲にとって日本の霊的世界の発見に次々とつながっていきました。『日本の面影』では他に、「神々の国の首都」という作品の中で、松江の東北部、北田町にある普門院に伝わる怪談「小豆磨橋《あずきとぎ》」と、中原町の大雄寺《だいおうじ》の墓地にまつわる怪談「水飴を買う女」などが紹介されています。これらの話と、先の持田の浦の「子捨ての話」については、第4章で詳しく紹介することにしましょう。

小泉節子との結婚、そして『怪談』の誕生

旅をしながら日本文化の基層に深く迫っていった八雲ですが、実は、日本語の会話は片言で、きちんとした読み書きは、終生できないままでした。これは八雲の人柄かもしれませんが、彼の周りには常に、研究を手伝ってくれる人、つまり、情報提供者と通訳が何人もいたのです。

最初に八雲を助けたのは、横浜で出会った青年僧の真鍋晃です。彼は、横浜・鎌倉から松江までの道中に付き添い、出雲大社の参拝にも同行しました（作品中にもしばしば「アキラ」という名で登場します）。彼がいなければ、八雲はおそらく日本における初期

の作品は書くことができなかったのではないでしょうか。真鍋は八雲のために英語の資料を収集し、行く先々で通訳を務めました。彼は英語のよくできる、人柄のよい青年として描かれています。

松江に落ち着いてからの協力者は、何といっても、八雲の妻となった小泉節子（またはセツ）です。さきほど紹介した加賀の潜戸への旅は、実は節子との新婚旅行であり、「日本海に沿って」は、節子と出かけた旅行体験が主な題材となっています。「鳥取の布団」も、作中では宿の女中から聞いたことになっていますが、実際には妻節子が語ったという説が有力です。

ここで、八雲と節子が知り合ったいきさつと、八雲にとっての彼女の存在の意味について考えてみたいと思います。

節子は、最初は女中のような形で八雲の家にやってきました。ちょうどその頃、八雲は体調をくずしており、節子の世話を受けました。彼女は士族の娘ですが、当時は没落して生活も苦しく、家計を助ける意味もあったのでしょう。西洋人の家に入ることに対し、周りの人たちは猛反対したといいますが、それを彼女は押し切ってやってきました。

ところが、八雲は彼女の献身ぶりにすっかり心打たれてしまい、ついに結婚を申し込んだのです。節子は、自分は没落士族の娘で、八雲は立派な学校の先生ということで最初は遠慮していたようですが、一八九一年に二人は目出たく夫婦となります。そして一八九六年、入籍と帰化願が許可され、八雲は「ラフカディオ・ハーン」から「小泉八雲」へと改名し、日本人となるのです。彼はれっきとした「日本人」になったわけですから、日本時代の作品は英語で書かれているとはいえ、「日本文学」に属するといってよいかと思います。

節子と結婚することで、八雲は生まれて初めて温かな家庭生活に恵まれることとなりました。同時に節子は、生涯にわたる八雲の創作上のよきアシスタントとなりました。彼女の協力が最も顕著だったのが、晩年の『怪談』でしょう。「日本海に沿って」などでもその一端が分かるように、『怪談』に収められた作品は、日本語の読み書きができない八雲が、妻に語ってもらった怪談・伝説などを含む仏教説話からインスピレーションをかき立てられて創作したものだったのです。

節子が八雲との十四年間の生活を振り返って著した『思い出の記』は、八雲の人柄を伝えるすばらしい聞き書きの書です。八雲の作品の背景を知る上でも、またとない入門書で、拙訳『新編　日本の面影Ⅱ』の巻末に収録しました。その中の次の一節はとくに、八雲の再話文学の創作の現場、その創作の秘儀の生成ともいうべき瞬間に立ち会わせてくれる魅力を秘めています。

私が昔話をヘルンに致します時には、いつも始めにその話の筋を大体申します。面白いとなると、その筋を書いて置きます。それから委《くわ》しく話せと申します。それから幾度となく話させます。私が本を見ながら話しますと「本を見る、いけません。ただあなたの話、あなたの言葉、あなたの考えでなければ、いけません」と申します故、自分の物にしてしまっていなければなりませんから、夢にまで見るようになって参りました。

妻に繰り返し語ってもらった原話からインスピレーションを得て、物語を再創造・再構成する八雲。八雲の再話文学は、八雲の幻想的な想像力と節子の語り部としての巧みさの結晶として誕生したものといえるでしょう。

そういう意味で、八雲の『怪談』は妻節子との合作といえないこともないでしょう。彼女の助けなくして、この作品は完成しなかったかもしれません。あるいは、八雲の作家としての成功は、節子の存在なくしてはあり得なかった、といい切っても過言ではないでしょう。

＊1　千家尊紀
一八六〇〜一九一一。出雲大社宮司、出雲国造第八十一代。第七十九代尊澄の三男。第八十代の兄尊福から一八八二年に出雲国造職を継いだ。

＊2　西田千太郎
一八六二〜九七。八雲が赴任した尋常中学校の教頭。松江での八雲のよき理解者であり、職務以外での創作上の協力も惜しまなかった。

＊3　ヘルン
八雲が英語教師として松江に赴任する際に交わした条約書に、カタカナで「ラフカヂオ・ヘルン」と記されたのがきっかけで「ヘルンさん」と呼ばれるようになった。八雲もそれを気に入っていたという。

＊4　イシュタルの冥界下り
メソポタミア北部、アッシリアの『タンムーズ神話』に出てくる。女神イシュタルが、夫であり植物の神であるタンムーズを追いかけて冥界に下る話。

＊5　稲佐の浜
高天原からの使者として派遣された建御雷神《たけみかづちのかみ》が剣を逆さまに立て、その尖った先端にあぐらをかいて座りながら、大国主命に国を譲ることを迫った海岸。出雲大社の近くにある。

＊6　アニミズム
万物それぞれが持つ霊的存在（ゴーストリーなもの）への信仰。

＊7　司馬遼太郎
一九二三〜九六。小説家。紀行『街道をゆく』などで描いた綿密な史料分析に基づく歴史解釈は「司馬史観」と呼ばれる。著書に『竜馬がゆく』『坂の上の雲』など。

第3章——異文化の声と音に耳をすます

音と耳のフォークロア

　第1章と第2章では、横浜から松江へと至る八雲の旅と、さまざまな人、自然、風物と八雲の魂の響き合い、そして、その背後にある八雲の生い立ちなどを紹介してきました。第3章では、八雲が日本文化の本質に迫った、その独特のアプローチの仕方に焦点を合わせてみたいと思います。

　これまで私たちは、八雲の日本文化への直観的でありながらなおかつ深い洞察力にしばしば驚嘆させられてきました。同時に、彼の異文化や日本に対する眼差しがやわらかく、やさしさに満ちていることも実感しました。

　私たちが八雲から学ぶべきものは実に多いのですが、彼の異文化である日本への共感に満ちた接し方にも、大いに教えられるところがあります。今日、国際社会における八雲文学の魅力と可能性は、こうした彼自身のやわらかな眼差しにもあるといえるでしょう。

　私たちが異文化と接する時というのは、自分が慣れ親しんだ文化との違いに興味をそそられる一方、逆に理解不能だとすぐ拒否反応を示してしまったりすることも多いのです。しかし、八雲はそのどちらのスタンスとも異なる方法で、異文化である日本の本質へと迫りました。

彼独特の日本へのアプローチの方法とは何でしょうか。まず、二点ほど考えられます。

一つは、物売りの声や町の音に対して耳をすませ、全身で日本文化を丸ごと受け止めようとしたことです。つまり、書かれたものや観念（先入主）に頼らず、庶民との触れ合いから、日本文化の真髄に迫ろうとしたのです。

もう一つは、一見不可解な事柄でも、日本人の側に立って、その意味や歴史的な由来について理解しようと努めたことです。相手の立場に立ちきるということです。このような謙虚な態度は、当時の西洋人には珍しいことでした。

八雲の文学には、音と耳のフォークロアとでもいうべき「聴覚の技化《わざか》」といった特色が見られます。「技化」というのは教育学者の齋藤孝[*1]さんが使っている言葉で、武道などで何度も反復練習することで技として体得する、という意味です。

実際に、八雲の作品には「耳の文芸」といわれるほど聴覚でとらえたものの記述が多く、『日本の面影』においても、その特徴は顕著です。八雲は異文化を理解する時、たとえば文献を読むだけでなく、音や声を通して、その本質にアプローチしていくのです。ものや人の本質が、音や声から立ち現れてくる、と八雲は考えていたのでしょう。

もちろん、すでに見てきたとおり、八雲は目で見たものも非常に細かく、詳しく描写していています。目が悪かったので、たえず望遠鏡を持ち歩いていたようです。その望遠鏡は、二〇一六年七月に新装オープンした松江の小泉八雲記念館で見られます。これも創作のための大切な小道具でした。しかしそれ以上に印象的なのは、耳で受け止めて記述した音や声の描写です。彼は、町の音や人々の声を非常に的確に言語化しているのです。

日本人の生命の根源を感受する

その一例を、『日本の面影』の「神々の国の首都」[*2]から探ってみましょう。この作品は、松江に到着した八雲が、眼下には大橋川が流れ、南西には宍道湖《しんじ》が広がる旅館・富田屋で迎えた朝の印象記です。

富田屋には二か月ほど滞在していましたから、「神々の国の首都」には、毎日眺めたであろう大橋川、宍道湖、かなたにかすむ中国山地と出雲富士（大山《だいせん》）などが見事に描かれています。しかし何よりも感動的なのは、松江の一日の始まりを告げる「音」を描写した冒頭の一節でしょう。

八雲が松江に着いた日の翌朝、何か重い音が響いてきます。「松江の一日は、寝ている私の耳の下から、ゆっくりと大きく脈打つ脈拍のように、ズシンズシンと響いてくる大きな振動で始まる」と筆を起こしています。しかし、何の音かは、八雲は書いていません。「柔らかく、鈍い、何かを打ちつけるような大きな響きだ」と表現しているものの、八雲はすぐにはその正体を明かさないのです。ここには、読者の関心をそらさないための作家的なテクニックが発揮されています。

その間の規則正しさといい、包みこんだような音の深さといい、音が聞こえるというよりも、枕《まくら》を通して振動が感じられるといった方がふさわしい。その響きの伝わり方は、まるで心臓の鼓動を聴いているかのようである。それは米を搗《つ》く、重い杵《きね》の音であった。

ここでようやく、その重い音は米を搗く杵の音である、と種が明かされています。この書き方は、第1章で原文付きで紹介した富士山の描写の方法にも表れています。

朝、目覚めた時にふと聞こえてくる音がある。それは杵の音であると明かしてから、「米」という日本文化の根幹、日本人の生命を養う食物の本質にスッと入り込んでいく——。

次の箇所は、杵の音を通して、日本文化の真髄を直観的に捉えているところです。

杵とは巨大な木槌《きづち》のことで、四メートル半ほどの柄《え》が、軸に水平にバランスよくついている。その柄の端を裸の米搗き男が思いっきり踏むと、杵は押し上げられ、男が足を放すと、杵が自らの重みで臼《うす》の中へ落ちるのだ。

一定のリズムで杵が臼を打ちつけるその鈍い音は、日本の暮らしの中で、最も哀感を誘う音ではないだろうか。この音こそ、まさにこの国の鼓動そのものといってよい。

米は太古の昔から日本人の主食であり、日本人の食と文化の根幹にあるものです。ここでは、その米を搗く杵の重たい音を、日本の鼓動そのものととらえているのです。これは、八雲独特の聴覚的な想像力から日本文化の「生命」の根源に迫った、見事な一節だといえるでしょう。

耳が受け止めた感動を言語化する

「神々の国の首都」では、さまざまな「音」に聞きいる八雲の描写が続きます。先の引用のすぐ後には、「禅宗の洞光寺《とうこうじ》の大きな梵鐘《ぼんしょう》の音が、ゴーンと町中に響きわたる。すると今度は、わが家に近い材木町にある地蔵堂から、朝の勤行《ごんぎょう》を知らせるもの悲しい太鼓の響きが聞こえてくる」とあり、鐘の音に太鼓の響きが加わります。
最後に八雲の耳に入ってくるのは、物売りの声です。

そしていちばん後に、朝早い物売りの掛け声が始まる。「大根《だいこ》やい、蕪《かぶ》や蕪」と、大根などのほかに見慣れない野菜を売り歩く声とか、炭に火をおこすための細い薪の束を売る「もやや、もや」という、女の哀調を帯びた声などが聞こえてくるのである。

一日の暮らしの始まりを告げる音や声にうながされて、八雲は窓を開け、眼下に広がる松江の大橋川を眺めます。そこでも八雲は、ある音に耳を止めます。それは、川岸にいる人々が柏手《かしわで》を打つ音でした。

彼らは顔を太陽の方へ向け、柏手を四度打ってから拝んでいる。長くて高い白い橋からも、同じように柏手を打つ音が聞こえてくる。また、新月のように反り上がった、軽やかな美しい船からも、あちらこちらから木霊《こだま》のように柏手の音が響き合っている。その風変わりな船の上では、手足をむき出しにした漁師が立ったまま、黄金色の東の空に向かって首《こうべ》を垂れている。

柏手の音はどんどん増えていき、しまいには一斉に鳴り響く鋭い音が、ほとんどひっきりなしに続いて聞こえる。町人はみな、お日様、つまり光の女神であられる天照大御神《あまてらすおおみかみ》を拝んでいるのである。

そして八雲は、「太陽の方角にしか柏手を打たない人もいるが、多くの人は西の方角にある、日本最古の杵築《きづき》大社の方へも向かって柏手を打つ。八百万《やおよろず》の神名を唱えながら、あらゆる方角に頭を下げる人も少なくない」と続け、神々の国の首都・松江の町と、そこに暮らす人々の信仰のありようを鮮やかに描きだしています。

ちなみに四柏手は、出雲大社独特の柏手の打ち方で、普通は二柏手のところが多い。八雲が出雲大社の柏手の回数も、正確に記述しているのはさすがだと思います。

八雲の耳は、このようにたくさんの音や声を聞き取り、それらを独特の聴覚的想像力を発揮して言語化していきます。うぐいすの「ホー、ホケキョ」と鳴く声が、あたかも「法華経」を唱えているようだと書いているのも、ご愛嬌です。

また、大橋川を渡る人たちの「カラン、コロン」という下駄の音を、まるで西洋の舞踏会の音楽のようだとも記しています。普通の日本人には、下駄の音は耳障りな雑音としか聞こえないでしょう。下駄の音を聞いて音楽的だと思う人が果たしているのかどうか、怪しい限りですが、八雲の耳というアンテナに受け止められると、雑音も音楽のように美しく響いてくるから実に不思議です。

八雲の聴力は、どんな小さな声や音でも聞き取れるという意味での聴力ではありません。自分にとって、共感的であったり、生活の哀感がともなっている声や音を聞くと、そこに彼独自の情動が蠢くわけです。そして、その音や声がいったん自分の脳や身体に取り込まれ、さらに言語化されて表現として表出してくる――それを私は八雲の「聴覚の技化」といってみたいわけですが、この「音声の言語化」は、八雲独特の想像力の発現だろうと思います。

「神々の国の首都」は、そのような松江の一日の終わりに、八雲が夜の町のざわめきや物音に耳を傾けながら、もの想いにふけるシーンで結ばれます。「盆踊り」の結末についても触れましたが、八雲らしい余韻の残る文章の終わり方です。哀調を帯びたさまざまな物音や人の声が、八雲の脳裏に木霊《こだま》しています。

しばらくの間、私は町の声に耳を傾ける。暗闇の中に、洞光寺《とうこうじ》の柔らかい梵鐘《ぼんしょう》の音が轟《とどろ》いている。それから、お酒でほろ酔い気分になった人たちの歌声が聞こえてくる。夜の物売りも、朗々と声を響かせている。

「うどんやーい、そばやーい」

温かい蕎麦《そば》を売る商人が、最後のひと回りをしているところだ。

「占い判断、待ち人、縁談、失《う》せ物、人相、家相、吉凶の占い」

流しの易者の声である。

「あめー湯」

子供の大好きな甘い琥珀《こはく》色の水飴《みずあめ》を売る飴屋の抑揚に富む呼び声である。

（中略）

ちょうどそのとき、多くの人たちの柏手を打つ音が聞こえてきた。道行く人々が、お月さんを拝んでいるのである。長い橋の上から、白い月姫の到来を讃《たた》えているのである。

さて、私もそろそろ床について、どこか古びた苔蒸《こけむ》す寺の境内で、影鬼の遊びなどをしている幼い子供たちの夢でも見ることにしよう。

「聞く」という受け身の行為

さらにもう一つ、「聴覚の技化」、「音と声の言語化」として極めつきの場面がありますので、ぜひ紹介しておきたいと思います。これは前章で取り上げた「杵築——日本最古の神社」に出てくる場面です。八雲一行が出雲大社に向かうため、蒸気船に乗り、宍道湖を渡ってゆきます。

八雲は、自分が今、大国主命《おおくにぬしのみこと》が祀られている出雲大社の深い神域の中へと向かっているのだと思うと、感動を押さえきれません。その時、八雲の聴覚に実に不思議な現象が起こります。

私はあまりにも『古事記』の伝説に胸を膨らませていたせいか、リズミカルに響く船のエンジン音までが、神々の名と重なり合って、祝詞《のりと》を唱えているかのように聞こえる。

コト　シロ　ヌシ　ノ　カミ
オオ　クニ　ヌシ　ノ　カミ

この一節は、驚くべき箇所といえます。蒸気船のポンポンポンポンという単調なエンジン音を、「コトシロヌシノカミ、オオクニヌシノカミ」という神名を唱える音声に言語化する人は、八雲をおいて他にはいないのではないでしょうか。私たちにはおそらく、船のエンジン音は雑音としか聞こえない。しかし八雲の不思議な耳にかかると、この雑音が祝詞に聞こえてくるわけです。

祝詞とは、畏敬する神々への祈りの言霊《ことだま》ですが、彼にとっては、初めての出雲大社参拝に胸を膨らませていると、なぜか蒸気船のエンジン音までが祝詞のように聞こえてくる——。これはいかにも八雲らしい聴覚的想像力、言語化の極みだといえます。

このように、八雲は音や声を通して、日本文化を文字通り「体感」していきました。音や声から、その場の雰囲気や匂い——八雲の言葉でいえば「哀感」ということになるでしょうか——を感じ取っていたのです。八雲の聴覚の敏感さは、一つは彼の視覚のハンディ——左眼は失明しており、右眼も強度の近視——に由来すると考えられるでしょう。しかし聴覚による想像力はまた、彼の異文化、日本への接し方の一大特徴でもあると思われます。

「見る」という行為では、自分を主体とし、相手を客体化するという、いわば自己中心の関係性が生じやすい。当時、日本研究を行っていた西洋人の学者の中には、自文化中心主義の立場から、そのような眼差しで日本を見ていた人も多かったことでしょう。

一方「聞く」という行為は、自分以外の人や物が主体となり、声や音を発する他者や対象物に自分の身を添わせ、そこに没入するということになります。「聞く」ことは、非常に受動的な行為といえます。しかし一見、受身的ではありますが、体感的かつ身体的な体験といえます。そういう意味で、「聞く」という行為は、主体的な行為となっていくのだと思います。

八雲は自分の意志で日本にやってきて、日本のあちこちを積極的に旅しました。そういう意味では、彼は主体的であり、アクティヴです。しかし、訪れた場所に身を置くと、そこに入り込んでじっと耳をすませ、身をひたします。矛盾しているようですが、八雲には内に積極性を秘めた、一種の受容的な面があるのです。

自分の見たいものを貪欲《どんよく》に見て消費するだけではなく、相手が発する音や声にも耳を傾ける。この態度は、アクティヴでもあり、パッシヴでもあるということです。その両義性を資質として持ち合わせているという身体のダイナミズムが、八雲にはありました。それだからこそ、日本や日本人から感じ取れる情報がたくさんあったのです。

「日本人の微笑」の謎を解く

八雲の異文化理解のもう一つの特徴は、前にも触れましたが、相手の立場に立ってその価値や美しさを理解する、という姿勢です。これは、自分の価値観だけを当てはめて異文化を理解しないということですが、意外とむずかしいことです。

その方法論が見事な日本人論に結実したのが、『日本の面影』に収められている「日本人の微笑」です。この作品は、日本人の微笑の謎をテーマに展開したすぐれたエッセイで、当時、「アトランティック・マンスリー」誌に掲載され、アメリカでも評判を取ったものです。

私たち日本人にとっては自分のことなので分かりにくいかもしれませんが、西洋の人にとって、日本人がよく顔に微笑を浮かべていたり、にたにたしているのは、ぶきみで不可解なことだといいます。

逆に日本人にとっては、西洋の人がにこりともせず、まじめくさった顔をしていることが不思議なようで、八雲も、このエッセイを書こうと思ったきっかけは、神戸で出会った日本人に「外国人たちはどうして、にこりともしないのでしょう」と聞かれたことだ、と記しています。

これは二つの民族が、お互いに理解し合うことの難しさの格好の実例であると思われた。双方はごく自然に、相手のしぐさや心情を自分たちの流儀で推し量り、結局は誤解して受けとめているのである。

日本人がイギリス人の厳粛な態度に不可解なものを感じるとすれば、イギリス人は、あえて言えば、日本人の軽さに同様な不信感をもっているのであろう。日本人が言うところの「怖い顔」をした外国人たちは、強い侮蔑《ぶべつ》の口調をもって「日本人の微笑」を語る。彼らは「日本人の微笑」が、嘘《うそ》をついている証拠ではないかと怪しんでいるのである。

八雲は、「ほんの少数の鋭い洞察力をもつ人だけが、この違いは研究に価する謎《なぞ》だと気づく」と述べています。そして、彼は自らの日本での経験に照らして、考察を進めていきます。

八雲はまず、西洋人たちが自分たちの物差しを振りかざしていては、日本人の微笑は理解できないと指摘します。

日本人の微笑は「念入りに仕上げられ、長年育まれてきた作法」である、と八雲は指摘します。そして、「その意味を探ろうとして、西洋文化にある表情や仕草の概念を当てはめようとしても、――それはちょうど中国の表意文字である漢字を読むのに、文字の形がわれわれ西洋人の見慣れたものに似ているとか、あるいは似ていないとかいって理解しようとするのと同じくらいに――うまくいかないだろう」と主張します。

日本人が顔に穏やかな微笑みを浮かべていること自体は、西洋人にとってもたいていの場合は喜ばしいはずです。しかし、その同じ微笑みが、たとえば、苦痛、恥辱、落胆など、およそ笑ってはいけないような場面において見られた場合、西洋人は初めて、その日本人の微笑に対し不信感を抱く、と八雲は説明しています。

そして、その不信感から生じた、西洋人の主人と日本人の使用人とのあいだに起きた痛ましい事件などを紹介したあと、なぜそのような悲しくつらい場面でも日本人は笑っているのかを、丁寧に分析していきます。

日本人にとって微笑とは幼い頃から教えこまれる礼儀作法であり、目上や同輩などどんな人とも、どんな場面でも軋轢《あつれき》なく過ごすための「教養のひとつ」である、と八雲は断じます。逆に、微笑みを浮かべず不幸そうに見えるということは、相手に対して無礼になる。なぜならそれは、「好意を持ってくれる人々に、心配をかけたり、苦しみをもたらしたりする」からである――。

八雲自身も当初は、たとえば、子供を亡くした日本人の女中が、自分の子供の死を微笑みながら話したりするのを理解できなかったといいます。しかし日本での生活になじみ、その微笑の意味するところを理解した彼は、母親の立場に立ち、その思いをこう代弁するのです。

この笑いは、自己を押し殺しても礼節を守ろうとする、ぎりぎりの表現なのである。この笑いが意味しているのは、「あなた様におかれては、私どもに不幸な出来事が起こったとお思いになりましても、どうぞ、お気を煩わされませんようお願いいたします。失礼をも顧みず、このようなことをお伝えいたしますことを、お許しください」という内容なのである。

八雲は、日本人の微笑とは、「自己を抑制し、己に打ち克った者にこそ幸せは訪れる」という日本人の道徳観を象徴していると結論づけています。その範例として、鎌倉大仏の慈悲深い微笑みこそ、その理想を体現していると述べています。

そして「大仏様の慈顔に、込められているものは、かつて人の手が作り出した、他のどんなものにも比べることのできない『こころの安らぎこそ、最高の幸福である』（法句経）という、永遠の真理であろう」と結論を下しています。

このように、八雲が日本人の微笑の意味を理解し、その微笑の持つ道徳性や深い精神性を解き明かすことができた理由――それは、「日本人の微笑」第三章の冒頭に記された次の一節に集約されていると思います。

日本人の微笑を理解するには、昔ながらの、あるがままの、日本の庶民の生活に立ち入る必要がある。西洋かぶれの上流階級からは、なにも学び取ることはできない。

民族的な感情や感情表現の面で、西洋と極東とに見られる、明らかな相違の意味を探るには、つねに変化に富んだ、あるがままの庶民の生活に目をむけなくてはならない。

生にも愛にも、また死に対してすらも微笑を向ける、あの穏やかで親切な、暖かい心を持った人たちとなら、ささいな日常の事柄についても、気持ちを通じ合う喜びを味わうことができる。そうした親しみと共感を持つことができたなら、日本人の微笑の秘密を理解することができるのである。

つまり、八雲は、西洋人としての自分の見方や価値観をいったん脇に置き、「あるがままの庶民の生活に目をむけ」ようとしたのです。彼は、時間といくばくかの忍耐を要するであろうこの方法を採ることで、最初は不可思議に思えた日本人の微笑の特性を理解しえたわけです。

自分たちの文化や価値観を中心に据えて他者を解釈しようとするのではなく、相手の立場に立ち、相手の思考を自分なりに追体験してみることで、八雲はその本質にたどり着くことができたのです。この彼の姿勢は、私たちが今生きている世界でも、最も必要とされる他者理解、異文化理解の方法と言えるのではないでしょうか。

日本の庭という小宇宙《コスモス》の美しさ

日本の庶民の思考や感情を追体験するという八雲の日本理解の方法は、「日本の庭にて」という作品においても見られます。一八九一年六月二十二日、八雲は妻節子らとわずかな家具をたずさえて、大橋川そばの小さな家から、北堀町の根岸干夫《たてお》方*3の屋敷に転居しました。「日本の庭にて」は、この武家屋敷の小さな庭をつぶさに観察して書きあげた作品です。実際のところ、この庭はとても小さな庭ですが、八雲の筆のマジックにかかることで、宇宙的な広がりを見せています。

八雲は、西洋の庭とは大きく異なる日本の庭の作り方やその哲学的背景について、さらにはその要素の一つひとつの意味について、丹念に解説していきます。

八雲はまず、西洋の庭が「花の庭」であるのに対し、日本の庭は「石の庭」であると述べています。

日本庭園の美を理解するためには、石の美しさを理解しなければならないということだ。少なくとも、理解しようと努めなければならない。石といっても、人の手で切り出されたものではなく、自然の営みで生まれた自然石のことである。石にもそれぞれに個性があり、石によって色調と明暗が異なることを、十分に感じ取れるようにならなくてはいけない。そうでないと、日本庭園の美しさの真髄が心に迫ってくることはないだろう。

そして、日本人の自然石に対する審美眼は、西洋人よりはるかに優れているとし、それは寺の参道や鎮守の森、公園などいたるところに自然石が置かれているので、それらを身近に目にする日常生活の中で、日本人は審美眼が養われているからだ、と指摘します。

また、日本の庭はさまざまな道徳的教訓を表しており、庭に植えられた樹木もそれぞれに象徴する概念があるといいます。たとえば譲葉《ゆずりは》は、新しい葉が十分に育つまで古い葉が落ちないことから、息子が一人前に成長するまで父親が死なないようにという願いを象徴しているといいます。

そして松は、常緑樹であることから、不屈の志や精力的な老年を表しており、桜は武士にとっての高い礼節と清廉潔白な生き方などを象徴している、と解説しています。

八雲は、このように樹木の性格が道徳性を代弁する日本においては、「樹木には魂があるという考え」は「突拍子《とっぴょうし》もない幻想」ではないだろう、と論を進めています。そして、日本の庭の要素を一つひとつ解きほぐしながら、その背後にある日本人の思惟を生かした日本の庭という小宇宙《コスモス》の美しさを描き出していくのです。この作品も、見事な日本文化論といえるのではないでしょうか。

日本人の〈非個性〉に対する理解

相手の立場に立ってその価値観を理解する——。この姿勢は、八雲の教師生活においても存分に発揮されました。その教師生活を生き生きと描いた作品が、「英語教師の日記から」です。

八雲は、来日した年の一八九〇年八月に、島根県尋常中学校と同師範学校に赴任し、生まれて初めての英語教師の生活をスタートさせました。「英語教師の日記から」には、彼の教師ぶりや当時の生徒たちの生活状況がこと細かに記録されており、『日本の面影』

の中でも別種の味わいを持つ作品となっています。また、当時の一地方都市の教育現場の様子を生々しく記録しているという点でも、史料的に価値の高い作品といえます。

教師としての八雲は、生徒の学識レベルに立ち、生徒の考え方や、彼らの想像力を引き出すことに巧みでした。そして、情緒にくるまれた平易な言葉で、生徒の魂に訴えかける類《たぐい》まれな話法をもっていました。

八雲が初めて教壇に立ったのは、九月二日のことでした。初めは若き教頭の西田千太郎に助手を務めてもらいながら英語の授業を進めましたが、すぐに生徒たちとも打ち解けるようになります。彼の教え方は非常に明快で、丁寧だったので、またたくまに生徒の心を摑んでいきました。

最近、八雲のオリジナル教材や講義ノートなどが見つかり、彼が教育者としてもいかにすばらしかったかが分かるようになりました。

しかし、八雲は教えていて、日本人特有の〈非個性〉、つまりは個人的特色のなさという問題に突き当たります。アメリカの伝記作家エリザベス・スティーヴンスンは『評伝ラフカディオ・ハーン』[*4]という優れた著書で、八雲の日本人生徒への対応ぶりを次のように記しています。

こうした素直な学生たちをよく知るようになると、ハーンは優しく、しかし強引に課題を与えはじめた。英語で短いエッセーを書かせるのである。新しい単語や熟語を使うだけでなく、正直に自分の意見を述べ、自分で考えることを要求した。ひとりよがりを適度に揺さぶられて、少年たちは生まれて初めて自分たちの感情や、日常の習慣や、身のまわりの思想を考えてみることになった。（遠田勝訳、傍点引用者）

日本研究者として八雲の先輩格に当たるパーシヴァル・ローウェル[*5]は、『極東の魂』で「もしわれわれにあっては、〈私〉が魂の本質を形成すると考えられるならば、極東の魂は〈非個人性〉であると言ってよかろう」と述べています。来日当初の八雲の見方は、このローウェルに近いものだったと言えるでしょう。この日本人＝非個人説は、西洋人の日本人に対する一般的な考え方だったと思われます。

しかし八雲は、しだいにローウェルよりも日本人の〈非個性〉の持つ微妙さや、そのよってきたる国民性の由来を理解するようになっていきます。「英語教師の日記から」の第十四章で、次のような観察を行っています。

週に一回、中学三、四、五年の生徒たちは、私が彼らのために選んだやさしい課題について短い英作文を書く。課題は、原則として日本のことを書かせる。日本の生徒にとって、英語が非常にむずかしい言語であることを考えると、幾人かの生徒が、英語で自分の考えを表現する能力には驚くべきものがある。

彼らの英作文は、生徒個々人の性格を表しているというよりも、むしろ国民的感情を示すものとして、私には興味がある。それは、言いかえれば、ある種の集団的な共通感情といったものである。

日本の中学生の英作文を見ていて最も驚いたことは、そこに個人的な特徴というものが、まったく見られないことである。また二十人の英作文の筆蹟までもが、奇妙なまでに酷似しており、同じ家族の者が書いたのではないかと思わせる。例外は余りにも少いので、この法則性を破るようなものはない。

（中略）

どんな英作文の課題を出したとしても、生徒たちの考え方や感じ方は、ほとんど変わらない。とはいえ、彼らの英作文におもしろみがないというわけではない。一般的に言って、日本の生徒たちは、想像力という点では、ほとんど独創性を示すことはない。彼らの想像力は、もう何世紀も前から、一部は中国で、もう一部は日本で作られたものなのである。

八雲は、他の西洋人や日本の知識人と違って、日本人の〈非個性〉を否定的にとらえ、切り捨てることはしませんでした。いわゆる西洋でいうところの〈個性〉や〈独創性〉が日本人にないことの意味、すなわち、その背後にある日本人の民族的無意識から発せられる声なき「声」を、むしろ聞き取ろうとしたのです。いわゆる〈個性〉や〈独創性〉に日本人が欠けているとするなら、それには歴史的な民族的根拠があるはずである、と八雲は考えたにちがいありません。

ここで思い出されるのが、八雲文学の謎を解くキーワード、「ゴーストリー」の意味です。八雲は一人ひとりの人間の内奥にある「ゴーストリーなもの」に敏感な人ですから、生徒の作文の奥にある、彼らの魂や内面に向き合い、それらと響き合うことができたのでしょう。生徒たちの作文を通して、八雲は日本人を理解していったのです。

彼は根気よく英作文の課題を出し続け、生徒たちもそれに応え、彼をさらに慕っていくようになります。そのことは、八雲がわずか一年三か月で松江を去ることになった時、生徒たちは非常に悲しみ、別れを惜しんだことからも、充分うかがい知ることができます。全校生徒が八雲を港まで見送りにきましたが、その別れの様子は『日本の面影』の「さようなら」という作品に刻明にしかも感動的に描かれています。

好奇心から賛歌《タウマゼイン》へ

八雲は、書籍や文献に頼らず、日本人の生活の中の声や音を聞き、彼らの無意識の中に眠っている魂の無言の声にまで耳を傾けることができました。そして、徐々に日本人の心を摑んでいきました。この異文化の受容の仕方もユニークですが、八雲の心の持ち方も、大変立派なものといえます。

恩師である哲学者の今道友信《いまみちとものぶ》先生*6が、私にこんなことを語ってくれたことがあります。――人間の対象への関心の持ち方というものが、二十世紀においてはcuriosity（好奇心）とinterest（興味）ばかりになってしまったようです。しかし本当は、admiration（敬愛）やrespect（尊敬）、ギリシャ語でいうところのthaumazein（タウマゼイン、賛歌、称賛）が、芸術や文学や学問の出発点であるべきではないでしょうか――。

「好奇心」や「興味」という対象への関心の持ち方は、えてして物に対して表層的で即物的な感情や感覚に近いものですし、またinterestには「利益」という意味合いもありますから、何か打算的で金銭的な匂いも絡んできます。そうではなく、対象に対するアプローチにおいては、thaumazeinがより本質的なものであり、研究や学問はとりわけそうあるべきだと思うのです。八雲の日本へのアプローチは、まさしくこの

thaumazeinの精神が出発点になっていました。

今道先生は私に八雲のことが大好きだとおっしゃっていたのですが、八雲が日本について書く作品も、単に「興味」や「好奇心」からではない、thaumazeinともいうべき日本への「敬愛」の心があったからではないかと思います。

翻《ひるがえ》って今の時代を考えてみると、どうでしょうか。「感動した」「泣けた」「すばらしい」といった反射的で画一的な底の浅い称賛の言葉があふれています。「感動」体験も薄っぺらなものになっています。また一方では、口にするのもはばかられるような敵意むき出しの罵詈雑言《ばりぞうごん》やヘイト・スピーチが多く飛び交っています。現代という時代において、果たして異質なものや他者への愛としてのthaumazeinは存在するのか、その心を育むことはできないのか、と一瞬考えこんでしまいます。

今、日本においても、世界においても、異文化間の対立というものが、テロや戦争や言葉の暴力によって先鋭化しています。そのような情況の中で私たちに求められていることは、まさに八雲のように、異なる文化に耳をすまし、thaumazeinの心を養うことではないかと思うのです。

＊1　齋藤孝
一九六〇年生まれ。明治大学文学部教授。専門は教育学、身体論、コミュニケーション論。著書に『声に出して読みたい日本語』『身体感覚を取り戻す』など多数。

＊2　「神々の国の首都」
「神々の国」は出雲地方、「首都」は松江市を指している。

＊3　根岸千夫
士族で松江城近くの塩見縄手に武家屋敷を持っており、その屋敷を八雲に貸した。息子の根岸磐井は八雲の教え子。

＊4　『評伝ラフカディオ・ハーン』
海外のラフカディオ・ハーンに関する文献をもとに、アメリカ人伝記作家のスティーヴンスンがまとめたもの。一九六一年ニューヨークで出版された。恒文社より邦訳が刊行されている（153ページ参照）。

＊5　パーシヴァル・ローウェル
一八五五〜一九一六。アメリカの天文学者、日本研究者。五回にわたって来日。「個性の発達はその国民の精神の発達を示す」という近代西洋的考えを前提に『極東の魂』（一八八八）を著した。

＊6　今道友信
一九二二〜二〇一二。哲学者、美学者。エコエティカ（生圏倫理学）を提唱。東京大学文学部教授、哲学美学比較研究国際センター所長などを務めた。著書に『美の位相と藝術』『今泉友信　わが哲学を語る』ほか多数。

第4章——心の扉を開く

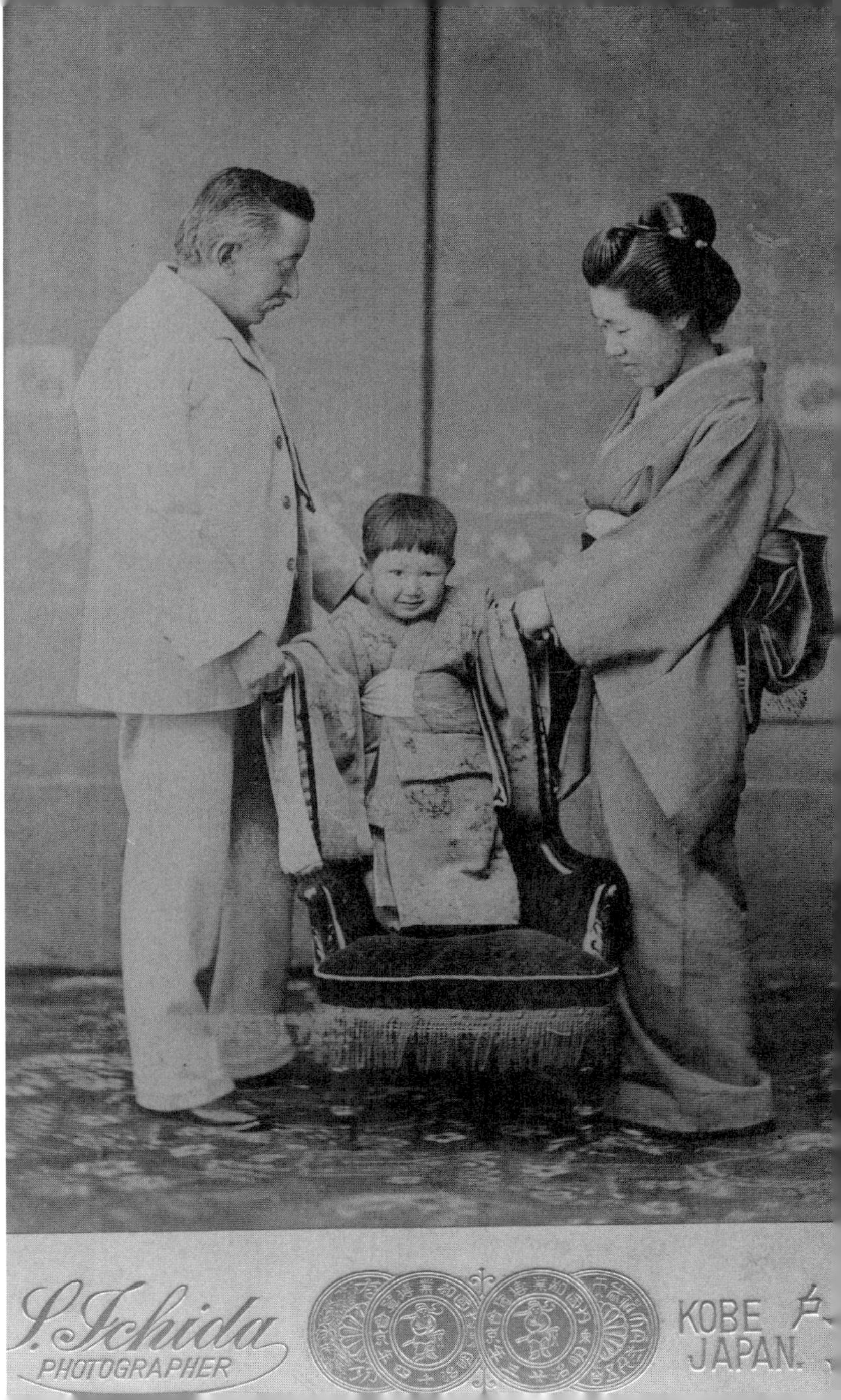

『日本の面影』から『怪談』へ

『日本の面影』には、一八九〇年四月に八雲が日本にやってきてから、教師生活を送った松江を一八九一年十一月に離れるまでの、一年七か月にわたる濃密な日本体験が綴られています。八雲はその間、日本のさまざまな町や村を旅し、その旅先で、そこに伝わる古い民話や説話の採集にも取り組みました。

松江の古い武家屋敷では、八雲は子供が親にねだるかのように、妻の節子に日本の古い伝説や怪談の話を聞かせてくれるようにせがんだと伝えられています。その辺の事情は、妻節子の『思い出の記』に刻明に描かれています。

八雲は、実は日本に来る前から、世界各地の伝説や説話に関心を持っていました。アメリカ時代には、エジプト、イヌイット、南太平洋、インド、ユダヤ、アラビアなどの伝説・説話を採話し、彼独自の語り口を交えて語りなおした『飛花落葉集』（『異文学遺聞』、一八八四）、また中国の古い伝奇物語を素材にした怪談集『中国怪談集』（一八八七）の二つの再話集を著しています。この二冊には、いわゆるイギリス、フランス、ドイツなどの西洋列強の作品は含まれていない点は、注目してよいでしょう。

第2章で、八雲が日本海沿岸の旅の途中で聞いた「鳥取の布団」という幽霊話を紹介しましたが、『日本の面影』にはほかにも、八雲が採集した日本の説話や怪談話がいくつか取り上げられています。今回はまずそれらを紹介しながら、『日本の面影』からもう一つの代表作『怪談』へと至る文学者としての成熟ぶりと、八雲が語ろうとした内面の真実を読み解いていきたいと思います。

『日本の面影』所収の「神々の国の首都」には、松江の数多くの神社や寺にはそれぞれ独自の伝説が伝わっているとして、その中から二つの話が紹介されています。一つは、松江の北東部、北田町の普門院に伝わる怪談「小豆磨橋《あずきとぎ》」、もう一つは、中原町の大雄《だいおう》寺《じ》の墓地にまつわる怪談「水飴を買う女」です。

「小豆磨橋」では幽霊となった女の男への復讐がテーマとなっていますが、「水飴を買う女」では、死んで亡霊となってまでもわが子を守り養おうとする母の永遠の愛がテーマとなっています。両者の復讐と愛のテーマは、のちに八雲が『怪談』で結実させる重要な主題となっていきます。

まずは、「小豆磨橋」を見ていきましょう。

松江の北東部にある、普門院の近くに、「小豆磨橋」と呼ばれる橋がある。その昔、夜ごとに女の幽霊が、その橋のたもとで小豆を洗っていたと言われたことから、その名がついていた。

日本には、「杜若《かきつばた》」という、紫色の美しいアヤメ科の花があり、それにちなんだ「杜若の歌」という謡《うたい》がある。しかし、その小豆磨橋の近くでは、この謡をけっして歌ってはならないと言われていた。その理由は定かではないが、その橋に現れる幽霊が、その謡を聞くと怒り出し、歌った本人に恐ろしい災難が降りかかる、ということであった。

あるとき、怖いもの知らずの侍がその橋を通りかかり、「杜若の歌」を大声で歌った。幽霊など現れなかったので、侍は笑い飛ばして家に帰った。

すると自宅の門の前に、見知らぬすらりと背の高い美しい女が立っている。女は、お辞儀をすると、女性が手紙などをしまっておく、漆塗りの文箱《ふばこ》を差し出した。侍も礼儀正しくお辞儀を返した。ところが、女は「私はただの使いでございます。奥方様よりこれを預かって参りました」と言い残し、そのまま姿を消した。

侍がその箱を開けてみると、中には血だらけの幼い子供の生首が入っていた。あわてて家に入ってみると、座敷の床に、首をもぎ取られたわが子の死体が横たわっていた。

この「小豆磨橋」という小品は、八雲の怪談のきわめて典型的なテーマを含むものといってよく、人間の側（男性）の死者（女性の幽霊）へのタブーの侵犯、あるいは冒瀆《ぼうとく》を描いています。話の筋が男性（侍）対女性（幽霊）という対立関係になっている点にも注目していただきたい。

八雲によれば、現世の人間と死後の世界（霊界）にいる幽霊との結びつきは、いわば一つの契約で成り立っています。両者の契約関係を侵す者は、必ず霊によって復讐を受けることになります。

この死者と生者の霊的関係の主題は、『怪談』の「雪女」などでも深められていくテーマといってよいでしょう。「小豆磨橋」の結末は、きわめて残酷で悲痛ですが、八雲特有の「約束」と「裏切り」という相反するテーマが凝縮されている一例といってよいでしょう。

さて、「水飴を買う女」という作品は次のような話です。

中原町にある飴屋に、夜ごと水飴を買いに来る白い着物の女がいました。その顔色はあまりにも悪く、主人が問いかけても何も答えません。気になった主人はある夜、女の後をつけてみました。すると女は墓地に入っていきました。

翌晩も飴屋にやってきた女は、主人を手招きして墓地に連れ出します。ついて行くと、女はある墓の前でふいに姿を消しました。するとその墓の下から、赤ん坊の泣き声がします。墓を開けてみると、そこには女の亡骸《なきがら》と、まだ生きている赤ん坊と、水飴の入った小さなお椀がありました。死んですぐに埋葬された母親の霊が、墓の中で生まれた子供を何とか世話し育てようと、水飴を運んでいたのです。

八雲は物語をこう結びます。「『愛は死よりも強し』というわけである」――。

「水飴を買う女」は、八雲が添えたこの最後の一文で話題となった話です。私が訳した『新編　日本の怪談』（角川ソフィア文庫）では、「母親の愛は、死よりも強かったのです」とし、「母親の」を付け加えて強調してみました。

母の亡骸のかたわらには、赤ん坊が横になっていて、飴屋と友人の灯す提灯の明かりを見てにっこり笑っています。母親の死骸と子供の生命力の輝きのコントラストが、提灯の明かりでくっきりと照らし出されます。そして、私たちは赤ん坊の微笑にほっとする気持ちにおそわれます。母と子は死と生の世界に隔てられていますが、母の愛が二人をつないでいるのです。余韻の残る実に不思議な怪談です。

八雲には幼年期に生母と生き別れた経験がありますが、彼が一生抱き続けたのは、ギリシャ人の母への思慕であり、その母を捨てたアイルランド人の父への憎しみでした。

つまり、八雲は「愛は死よりも強し」という言葉に、自分の母への思慕と、子に寄せる母の永遠の愛とを重ね合わせることによって、この古ぼけた民間伝承に物語の生命《いのち》を吹き込んだのです。

「子捨ての話」に重ねた自らの生い立ち

さらに「日本海に沿って」には、第2章で紹介した「鳥取の布団」のほかに、持田《もちだ》の浦《うら》の「子捨ての話」という話も収録されています。これは出雲地方に伝わる仏教説話から採話された話ですが、夏目漱石の『夢十夜』の「第三夜」[*1]の子捨てのテーマに酷似していることから、漱石が八雲からインスピレーションを受けたのではないかとも推測されている作品です。八雲も漱石も、父親から「捨てられた」という幼年期の共通体験を持っていました。あらすじは次のようなものです。

出雲の国の持田の浦という村のある百姓の夫婦は、貧しかったため子供が生まれても育てることができず、生まれるたびに子供を川に流してきました。すでに六人の子供をそうしてきました。ところが、妻が七人目の子を産んだ時、ようやく暮らし向きもよくなってきたので、夫はその男の子を育てることにしました。夏のある夜、夫が生後五か月になった息子を抱いて庭に出た時のことです。

その夜は、大きな月が出ていてあまりに美しかったので、百姓は思わず声を上げた。

「ああ、今夜は珍しい、ええ夜だ」

すると、赤ん坊が父親の顔を見上げ、大人の口調でこうつぶやいた。

「お父つぁん、わしをしまいに捨てさしたときも、ちょうど今夜のような月夜だったね」

そう言い残すと、その子は同じ年頃の赤ん坊と同じように、ひと言もしゃべらなくなった。


その百姓は僧侶《そうりょ》になった。

八雲は、この子捨ての話は旅先で聞いたいくつかの説話と伝説の中でひときわ印象に残っているものだと述べています。親に捨てられた経験を持つ自分自身の姿を、その赤ん坊に重ねていたのかもしれません。

こうして見てくると、八雲が最晩年の一九〇四年に著した再話文学の傑作『怪談』の萌芽は、来日から間もない松江時代にすでにあったと見てよいでしょう。松江時代における「小豆磨橋」「水飴を買う女」「鳥取の布団」「子捨ての話」などの霊的世界への開眼と採話がなかったならば、後年の『怪談』は生まれなかったのではないでしょうか。これらの話を節子の助力によって再話化できたということが、晩年の『怪談』に代表される文学的達成へとつながっていったといえるのではないでしょうか。『怪談』の誕生は、この松江時代の採話活動なしには考えられないと思います。

『怪談』が描く六つのキーワード

「再話」とは、これまでに見てきたように、すでに存在している古典の原典《オリジナル》を元にしつつ、自分なりの文体で語りなおした文芸作品のことをいいます。リメイクの文学、リサイクルの文学といってもよいでしょう。よく知られたところでは、ドイツのグリム兄弟によるグリム童話[*2]、アンデルセンの童話[*3]の一部、あるいは芥川龍之介の「杜子春《としシゅん》」「羅《ら》生門《しょうもん》」、中島敦の「山月記《さんげつき》」なども、広義の意味で、再話文学といえないことはないと思います。

八雲は、日本の古ぼけて埋もれてしまった荒唐無稽《こうとうむけい》な伝説や仏教説話からつもりつもったほこりを丁寧に払いおとし、その原石ともいうべき鉱脈を探り当て、磨きあげ、そこに新たな言葉の生命を吹き込みました。八雲の語り部としての才能は、この再話文学というジャンルでいかんなく発揮されているといえます。

日本時代の処女作で紀行文学の『日本の面影』（一八九四）から、晩年の再話文学の『怪談』（一九〇四）へと至る八雲の文学的道のりは、どのようなものだったでしょうか。この十年の年月の流れの中には、『日本の面影』における外界との出会いと交流から『怪談』における自己の内面への沈潜《ちんせん》へ、つまり、日本文化の基層を訪ねる旅から日本人の基層（精神性）を問う魂の旅へ、という八雲の主題の変化、視点の転換があります。『日本の面影』に描かれている世界は、庶民との出会い、神社仏閣や自然との照応《コレスポンダンス》、つまり、八雲と外界との交感から生まれたDeep Japanの実相といってよいでしょう。

一方、後年の『怪談』をはじめとする再話文学においては、語る対象が死者、妖怪、幽霊といったものになります。『怪談』の中では、おそらくは生母であったり、知人であったりした死者が、妖精、妖怪、幽霊という姿をして現れてきます。八雲はそういった霊的存在と向き合いながら、内なる自分との対話、自分の内面への沈潜を行っていたと思われます。

そうすることによって、八雲は長く抱えた自分の生い立ちにまつわるトラウマや心の傷を癒していったのではないか。『怪談』は、そうした内面の告白、魂の遍歴をしるす自伝的要素を持つ作品でもある、と私は考えています。

『怪談』に収められた数々の話のテーマは、大きく分けて、六つほどのキーワードでくくれるように思います。一つ目は「愛」です。男女の愛、あるいは母子の愛、兄弟の愛などさまざまな愛のテーマを扱っています。二つ目は「信頼」です（その反対は「裏切り」ですが、これは五つめのキーワードに加えました）。これは八雲にとってきわめて重要なテーマです。三つ目は「約束」です。これは二つ目の「信頼」とも重なってきます。四つ目のキーワードは、「共感」です。ここまでの四つは、すべて他者との肯定的な関係性に関するものといってよいでしょう。

そして五つ目と六つ目として「裏切り」と「不条理」を加えてもよいかと思います。例えば、「和解」という作品は、「信頼」とは裏腹な「裏切り」と「不条理」そのものの世界を描いています。「裏切り」と「不条理」という否定的、破壊的な要素はフォークロアの世界につきもので、八雲の再話文学だけに限ったことではありません。昔話では善人が騙されたり、悪人が栄えたりといったことが起こります。八雲の『怪談』や昔話では、人の道からはずれた人間たちの「裏切り」や「不条理」の世界もしばしば描かれます。しかし、そうした「裏切り」も「不条理」も、結局は、その話の語り手（八雲）と聴き手（読者）によって裁かれることになるのです。

この六つのキーワードが意味するものは何かと考えてみると、まず、八雲自身が生きていく上で大切にしてきた、あるいは意識してきた価値観、倫理観だといえます。「愛」のテーマといえば、生母への思いなどがこれにあたりますが、「信頼」や「約束」も、『怪談』において、八雲が非常に重視したテーマです。というのも、八雲は実人生において何度も裏切られてきた苦い経験があるからです。

イギリスからアメリカに渡る十九歳の時には、本来は大叔母の遺産を受け取れるはずだったのが、大叔母が人に騙されたためにその財産を奪われてしまいました。またアメリカでは、一度食堂を開業するのですが、共同出資者に資金を持ち逃げされ、わずか二十一日で店が潰れてしまったということもありました。八雲は「信頼」が「裏切り」に変わるつらい体験を幾度もしてきたのです。

八雲は、自分が生きていく上で大事にしてきた「愛」「信頼」「約束」「共感」、そして予期せぬ「裏切り」や「不条理」といった倫理的な価値観を、再話というコンパクトな物語に封じ込めて表現しました。言い換えると、八雲は他人の作品（原典）を媒介にして自己のテーマを語りなおしているわけです。それゆえ、私は八雲の再話文学というのはひそやかな「自伝文学」ではないかと考えています。

それは「何年に何をした」といった形で自らの来歴を時系列で語る、一般的な自伝とはもちろん異なります。八雲の再話文学は、自分が生きていく上での切実なテーマを、再話文学という形式を通して語っているのです。そういう意味で、『怪談』という作品は自己の内面と来歴を語りなおす自伝的文学ではないか、と私は考えているのです。

しかしながら、八雲が再話文学に込めたこれら五つの倫理的価値観とは、もちろん彼自身だけのものではなく、人間にとって普遍的なモラルといえます。『怪談』は日本の古い仏教説話や伝承を取り上げたものですが、日本や英語圏で読まれているだけではありません。フランス語、ドイツ語、トルコ語、中国語などにも翻訳されて世界中で読まれています。その八雲の『怪談』が、グリム兄弟やアンデルセンの作品と同様に、世界性を有している理由は、そこに描かれているテーマが人間の持っている普遍的なテーマであり、人間が生きていく上での基本的な倫理観を扱っているからだといえます。

『怪談』の原典は、妻の節子が東京・神田の古本屋などで見つけてきた怪談本などを、八雲に語って聞かせたものが中心です。節子の作品の選択眼はたいしたものですが、八雲はそこに、日本人が読んでも、外国人が読んでも感動する鉱脈を本能的に探り当てているのです。それが、八雲の再話文学の普遍性、世界性につながっているといえるでしょう。俳優の佐野史郎さん[*4]が『怪談』の「むじな」をアイルランドで朗読したことがありましたが、聴衆はアイルランドにも似たような昔話があるといって、大変好評だったそうです。八雲の再話文学が、世界性を有していることの証左といえるでしょう。

「雪女」に見る永遠の女性像

『怪談』は八雲の自伝的文学作品ではないか、と私は言いました。その特色は、他の例からも見出せます。たとえば、幼い頃、八雲のキリスト教嫌いの決定的ダメージを生んだカズン・ジェーンの「顔なしお化け」体験は、「むじな」という作品に結実しました。また、平家の亡霊たちと交流する有名な「耳なし芳一」という作品は、死者の霊的世界と交信し、それを創作力の源泉としていた八雲自身の自画像と考えてもよいでしょう。また、物語に登場する女性像に、八雲の母ローザの面影が色濃く感じられることも、指摘しておきたいと思います。

次に『怪談』に収録された「雪女」と「青柳ものがたり」という二つの作品から、そこに描かれる女性像と、八雲自身の実体験との関係を見ていきたいと思います。

「雪女」は、「異類婚姻譚《たん》」というよくある民話のパターンを借りてきて、雪女という自然の精霊が人間の男と結ばれ、かつ裏切られ、元の彼岸の世界に戻ってゆくという悲劇を扱っています。この話はすでに日本でもなじみ深いものになっているため、あまり気に留めない方が多いかもしれませんが、自然すなわち「雪」を女性化（人格化）してとらえる視点は、西洋的な想像力の発現ではないかと思われます。

「雪女」の雪のイメージは、大自然の猛威や天変地異の表象であるとともに、すべてを包み込む自然の、つまり女性性の秘めた豊潤さと静けさを表していると思われます。自然のもつ破壊と生産・育成という二面性を、主人公のお雪はもっているわけです。「雪女」の主人公お雪は、人間の世界で長く暮らしながら、いつまでも美しく、若やいでいます。そのイメージは、八雲の心の中でけっして老いることのない母ローザの面影を伝えているように思われます。

そして、この物語は、お雪が夫の裏切りに遭うところから急転直下、一気にクライマックスへと向かいます。夫の巳之吉《みのきち》は、若い頃、雪女を見たという話を妻（実は雪女の化身）に打ち明けてしまいます。言ってはならぬ（あるいは見てはならぬ）という昔話特有のタブーの侵犯に、お雪は遭遇するわけです。

すると、この思わぬ夫の背信行為によって、お雪はもう一つの隠された〈女性性〉、破壊と狂気を現し始めます。彼岸の世界に戻らざるを得なくなったお雪の悲嘆に暮れる姿は、息子ラフカディオをアイルランドに置いて故郷ギリシャに帰ってゆく母ローザの悲しみに通い合うものがあります。

そのことを考慮に入れて、次の「雪女」の最後のくだりを読むと、生きる場所を失った〈女性性〉の霊の無念さと壮絶さというものがよく伝わってくるように思います。

「それは、わたしだよ。わたしだ。このお雪だったんだよ。あのとき、もしもひと言でもしゃべったら、おまえを生かしてはおかないと言っただろう。だがな、こうして眠っている子どもたちを見れば、どうしておまえを殺すことができようか。どうか、この子たちの面倒をよくよく見ておくれ。よもやこの子たちを苦しめるようなことがあったら、そのときこそ、おまえも相応の目にあわせてやるさ……」

そう叫びながら、お雪の声は、風の叫びのようにか細くなっていきました。そして、体はみるみる溶けて、白い霧になり、梁《はり》に向かって渦を描いて立ち昇ると、煙《けむ》出《だ》しから消えてゆきました。

その後、二度とお雪の姿を見ることはありませんでした。

お雪は、夫の巳之吉の裏切りに対して、夫も子供たちも殺すことができずに彼岸に戻っていった、きわめて人間臭い、悲しみに満ちた霊的存在でした。そこに八雲文学特有の倫理観と哀感が流れています。この不条理ともいえるお雪の夫と子供たちとの別れは、言い知れぬ悲しみの情を私たちに喚起します。

このように、『怪談』に収められた作品には、人間の恐怖心をたんに煽るものではなく、何か人間の根源にある存在の悲しみや孤独感、霊的存在への畏怖心や失われたものへの愛しさの情感に訴えかけるところがあります。それらの感情は、おそらく彼の生い立ちから立ち昇ってくる魂の原風景なのでしょう。彼の作品には、幽霊や妖怪の残忍さやむごさ、あるいは恐ろしさはもちろんあるのですが、読者はそれ以上に、お雪のような霊的存在の持つ迫力や真実味に心を強く打たれるのです。

「青柳ものがたり」が描くアニミズムの世界

「雪女」と同じように「愛」の悲しみをテーマとした作品の中でも、八雲のアニミズムの思想を最もよく伝えているのが、「青柳ものがたり」です。この作品は、柳の木の精の化身である美しい少女と武士の友忠の出会い、結婚、そして死別を描いた作品です。

同時にこの一篇は、私たち現代人が功利のために、いかに無慈悲に樹齢の長い木々までをも無造作に切り倒してしまうか、いかに無自覚に自然破壊をしてしまうかを、主人公である青柳の死を通して、さりげなく批判している作品としても読めるでしょう。

「青柳ものがたり」は、辻堂非風子《つじどうひふうし》の『玉すだれ』の中の一篇「柳情霊妖」[*5]から採っているのですが、柳の木の精をくっきりと人格化（女性化）して「青柳」として描いているのは、「雪女」の場合と同じく、原作にはない、八雲の西洋的な発想の表現といえます。

この作品の結末部分を読んでみましょう。この結末は、「雪女」と同様に、人間の仕打ち（伐採《ばっさい》）に遭った青柳（精霊）の壮絶な最期を伝えています。


「みだりに叫び声を上げましたことを、どうかお許しくださいませ。急に痛みが差したものですから。

あなた、わたくしたちが結ばれましたのも、前世からの宿命《カルマ》なのでございます。そのご縁で来世でも、もう一度一緒になれましょう。ですが、この現世でのご縁はこれっきりです。お別れするときがやって参りました。……

お願いですから、わたくしのためにお念仏を唱えてくださいまし。わたくしはもうすぐ死にます」

「おかしなことを言うものではない」友忠は驚いて言いました。「気分が少し悪いだけのことだ。しばらく横になって休むがよい。そうすればよくなるだろう」

「いいえ、違います！」青柳は答えました。「わたくしは、死にます。気のせいなどではありません。分かっているのです。もはや隠し立てをしてもしょうがありません。

わたくしは人間ではないのです。わたくしは木の精です。木の魂がわたくしの心なのです。柳の精がわたくしの命なのです。

誰かが、たった今、無残にもわたくしの木を伐《き》り倒しているのです。だから、わたくしは死ぬのです。もう泣こうにも、その力さえ残っていません。

さあ、早く、早く、お念仏を唱えてくださいまし。早く！　ああ！」

再び苦しそうな叫び声をあげると、青柳は美しいうなじをわきへそむけ、袖で顔を隠そうとしました。けれども、ほとんどそれと同時に、青柳の体は不思議なことにへなへなと崩れて、床に沈みこんでゆき、床の高さと変わらぬまでになってしまいました。

友忠は、とっさに妻を助け起こそうとしましたが、何の手ごたえもありません。畳の上にあるものは、美しい妻の着物と、艶《つや》やかな髪に差していた髪飾りだけでした。青柳の体は、どこにも見当たりませんでした……。

雪の精である雪女は、きらきらと輝く白色の霧となって、屋根の梁《はり》のほうへとのぼって消えていきましたが、樹の精である青柳の体も、溶解したかのように影も形もなくなってしまい、もぬけとなった着物と髪飾りが、その場に残されているばかりでした。

お雪であれ、青柳であれ、思いを寄せる美しい女性（実は精霊）が突如消失するという恐怖感は、生母の突然の失踪《しっそう》という、八雲の痛ましい幼年期の体験とからみ合い、彼の作品で反復される基調《キーノート》となっています。八雲の文学が「対象喪失の文学」といわれるゆえんです。そういえば、「むじな」や「和解」なども、「対象喪失」という八雲のトラウマ（恐怖と悲しみ）を描いた作品といってよいでしょう。


私はこの「青柳ものがたり」を読むと、必ずといってよいほど八雲の瘤寺《こぶでら》の杉木立伐採のエピソードを思い出します。当時八雲が住んでいた東京・市谷富久町《いちがやとみひさちょう》の家の隣に、自証院円融寺、俗称「瘤寺」という寺がありました。八雲は、この寺での散策と古い鬱《うっ》蒼《そう》とした杉木立をことのほか愛したといわれています。ここは、八雲が詩魂を養う聖域であり、東京の生活での〝密かな隠れ里〟でした。八雲の子供たちも、「パパさんは家でなければ『瘤寺』にいる」と思うほどだったそうです。

ところが、寺の巨大な杉が次々に伐り倒されるという事件が起きました。八雲が親しくしていた和尚に代わって、瘤寺にやってきた若い住職が、財政上の理由から古木の伐採を思い立ったのです。これによって八雲は、瞑想と散歩のための密かな場所を奪われてしまいました。八雲は伐採前にその杉の木立ちを土地ごと買い取ると申し出たそうですが、相手にされなかったといいます。

この事件が起きたのは一九〇一年、「青柳ものがたり」を含む『怪談』の執筆を進めていたのが一九〇三年でした。そのため、この杉木立伐り倒し事件が「青柳ものがたり」執筆のきっかけを作ったのではないか、と私は推測するのです。

瘤寺の杉木立をめぐるエピソードは、八雲にとって近代批判としてのアニミズムの意味を確信させるものであったでしょう。この悲しみと憤りがなければ、「青柳ものがたり」という名篇は生まれてこなかったのではないでしょうか。

こうした現実を痛みとして感受する人間であればこそ、八雲は、アニミズムの立場から、私たち現代人への切々たるメッセージを、ゴーストリーな世界に棲む妖精《フェアリー》の青柳に託すことができたのだと思われます。

想像力の磁場としての松江・出雲体験

八雲の晩年の傑作である『怪談』は、八雲自身が自分の生い立ちを振りかえり、心の傷を見つめなおし、自ら癒してゆく作品集であったといってもよいでしょう。一読すると、私たち読者にとっても同じような心の癒しの効果や清涼感をもたらすからです。人間は誰しも、いろいろな悩みや心の傷、挫折感を抱えて生きているわけですが、私たちは『怪談』を読むことによってどこか癒され、徐々に立ちなおってゆく感覚をおぼえることがあります。

『怪談』という作品には、じっくり時間をかけて読んでいくと、そんな不思議な物語の持つ癒しの力が秘められているように感じられます。

では、なぜ八雲は『怪談』のような作品が書けたのでしょうか。一つには、ヨーロッパ時代とアメリカ時代にずっと満たされぬ思いを抱えてきた八雲が、日本時代において良き伴侶《はんりょ》を得てようやく幸せになることができた、ということがあると私は思います。

八雲は松江を離れてから、熊本、神戸と移り、最後に帝国大学の講師の職を得て東京に落ち着きます。そして、愛する妻と四人の子供たちと幸せな家庭生活を送ります。それは、温かな家族に恵まれなかった幼児期の心の傷や青年期の人間不信の気持ちを癒していったはずです。特に、妻の節子の存在は大きかったと思います。

そういう意味で、『怪談』は幽霊や妖怪が出てくる怖い話ではありますが、そこに描かれた世界は不思議と静けさと清澄《せいちょう》さが漂っています。英語の文体も、『日本の面影』の頃に比べて修飾的な要素がそぎ落とされ、簡潔ですっきりしたものになっています。『日本の面影』が油絵のような色彩感に溢れているとすれば、『怪談』は墨絵のような清楚な淡白さを感じさせます。妻の口伝えの原話から話を作りなおすという創作法は、これまでの衒学《げんがく》的な詩的文体へのこだわりから、八雲を徐々に解放してくれるものだったにちがいありません。

そしてもう一つ、八雲が東京時代に『怪談』を書けた理由として、私はやはり、日本体験の原点である松江と出雲という土地の存在が大きかったと考えています。古代の神々の聖地であり、人々の暮らしの隅々にまで信仰が生きていた松江や出雲は、「ゴーストリーなもの」と交感する八雲にとって、理想的な土地柄でした。

また、彼が日本的な美しいものや日本人の誠実な心といった、美質に触れることができたのも、松江でした。八雲の名声を歴史に刻むことになった『怪談』は、そういう意味で、松江と出雲の記憶へのオマージュ、松江と出雲という地霊への原点回帰の作品としても読めるのではないでしょうか。とりわけ「菊花の契り」という武士の篤《あつ》い友情を描いた物語は、そうした出雲という想像力の磁場への回帰現象が感じられる作品です。

実際、八雲は松江には、一八九〇年八月から一八九一年十一月までの、およそ一年三か月しかいませんでした。松江や出雲は、彼にとって理想的な土地ではありましたが、再び戻って住むこともありませんでした。だからこそ、八雲は以後、かえって松江と出雲を生涯にわたって想像力の源泉とすることができたと思うのです。

そのまま松江に住み続けていたら、八雲は『日本の面影』や『怪談』のような作品が書けたかどうか疑問です。おそらくは、書けなかったのではないでしょうか。私はこれを「乖離《かいり》によって喚起される想像力」と呼んでみたいと思います。『日本の面影』は熊本で完成しましたし、『怪談』は東京時代の産物です。とくに『怪談』の場合は、東京に住むことによって初めて、過去に住んだ土地がインスピレーションの源泉として甦ってきたのです。そんな想像力のパラドックスが、晩年の東京時代の八雲の内に起こったと思うのです。

松江・出雲と距離を置く（detachment）ということは、逆説的ですが、創作においては、その土地に帰属（belonging）することになるのです。その土地を去ることによって初めて、八雲はその場所を生涯のインスピレーションの源泉とすることができたのです。

五感を解き放つ三つの「オープン・マインド」

ここまで、八雲の代表作である『怪談』の世界観と、そこに息づく松江時代との関係を見てきました。しかも、八雲文学の傑作は、対象とのほどよい距離による緊張感と愛の強さによって生まれていることを見てきました。最後に、八雲という存在は現代の私たちにどんな意味を投げかけているのかを、改めて考えてみたいと思います。

　私はここで、「オープン・マインド」と「マルチ・アイデンティティ」という、八雲の魂の本質を表す二つの言葉に触れて、本論を結びたいと思います。私は八雲という人物の秘める可能性を考えてみると、この二つの言葉に思い当たるのです。

「オープン・マインド」は、文字通り「開かれた心」あるいは「開かれた魂」を意味します。十九世紀は西欧列強が圧倒的な力を誇った時代でしたが、「オープン・マインド」とは、当時のマイノリティの文化を偏見なく愛した八雲の心を表した言葉です。

　より具体的に今日的視点から見ていきますと、八雲には三つの「オープン・マインド」があったと思います。一つ目は、自分の五感を解き放つという「自己解放のオープン・マインド」。二つ目は、他者、とりわけ弱者に対して、偏見のない温かな眼差しを持つという「やさしさのオープン・マインド」。八雲は、マイノリティの文化に対してのみならず、子供や動植物など、小さきもの、弱きものへの温かな眼差しを持ち続けました。

　そして三つ目が、二つ目と重なりますが、他者への共感・共鳴という「共感のオープン・マインド」です。八雲が異文化である日本や日本人に対して、「ゴーストリーなもの」の響き合いを通して、この三つの「オープン・マインド」で感応し合っていたことは、すでに見てきた通りです。

こうした八雲のあり方から、私たちはいくつかのメッセージを受け取ることができるのではないでしょうか。まずは、私たち日本人は「異文化に対してどう向き合うか」についてです。私たちは、異なる文化に対して開かれた心を持ち、やわらかな視線を持つべきであるというメッセージですね。

そして、次に「共生」という考え方が大切になってきます。国や民族の違いを超えて、ともに生きる。また人間とだけでなく、動植物とも一緒に生きる。八雲の存在と文学は、そういった「オープン・マインド」の発露による共生のための視点を用意してくれていると思います。

自己変革可能な「マルチ・アイデンティティ」

八雲はまた、「マルチ・アイデンティティ」と称すべき多様性、多層性に満ちたアイデンティティの持ち主でした。彼は「旅に出ることは自分を探すことだ」と述べていますが、さまざまな国や地域に出かけ、そこの土地に溶け込んでしまうことのできる人間でもありました。

彼の若い頃のあだなに「カメレオンのごときラフカディオ」というのがあるのです

が、カメレオンが居場所に合わせて保護色に変身するように、彼はある国に入れば、その国の色に染まり、そこに住む人たちのようになりきることができたといいます。

八雲は、十九歳でアメリカに渡った時、人に国籍を尋ねられると、自分はギリシャ人であると言ったといわれていますが、自分のアイデンティティを、「〇〇人である」というように一元的には考えていなかったと思われます。アイルランドとギリシャの混血児であった彼は、常にアイデンティティが揺れ動いていた。それだからこそ、ギリシャ、アイルランド、イギリス、アメリカ、日本など、その土地土地で自己変革可能な「マルチ・アイデンティティ」を有することができたのです。八雲にとって、一つの国に自分のアイデンティティを限定するのは難しいことだったのです。

出自からいうと、彼はギリシャ人でもあればアイルランド人でもある。しかも国籍上はイギリスでありました。アメリカでは、アメリカ人のように振る舞ったでしょうし、日本では帰化して、れっきとした日本人となりました。

そうであるなら、私たち日本人のアイデンティティとはいったい何なのでしょうか。八雲のアイデンティティの流動性と多様性は、ある意味で、私たち日本人のアイデンティティの固定化、一元化に対して再考を迫るものであると思います。つまり、私たちは日本人でありながらも、八雲のような「マルチ・アイデンティティ」への意識を自分の中心に育てることが求められているからです。

世界が東西冷戦により二極化していた二十世紀が終わり、東西の壁が崩れ、二十一世紀の世界は多極化の時代を迎えています。対立も複雑化し、紛争もテロも各地で毎日のように起こっています。そのような時代において、私たちはどういうマインドを持つべきなのか。それに対するヒントが、八雲の「マルチ・アイデンティティ」を持った生き方の中にあると思います。

八雲自身は、コスモポリタンの旅人として、異文化へのチャンネルをいろいろと持っていました。翻って、私たち日本人はどうでしょうか。日本は、明治時代には西洋に追いつけ追い越せでイギリスやドイツの後を追い、戦後は文化や経済面でも、アメリカを追ってきました。つまりは、日本人の異文化へのチャンネルは、いつも一元化していたのです。当時のトップネーションだけに目が向いていたのです。

しかし、これからは日本人も、いくつもの異文化へのチャンネルを持つ必要があります。とりわけ近隣の中国と韓国、そして東南アジアや中東と、さまざまなアジアの国々へと視野を広げるべき時代に入っています。

八雲と同じように世界各地を旅したり、出身国の異なる両親を持つことは、もちろん誰でも望んでできることではありません。しかし、この国際化の時代において、「マルチ・アイデンティティ」への理解と意識を養っていくことはできます。八雲の作品を読み、その旅の人生に触れることは、自分のアイデンティティを一元化しない、そういった世界観をつくっていくヒントになるのではないかと思います。

私たちは日本人ではあるけれども、いろいろなアイデンティティを持った人を理解しうる——。そうした意識を育むことによって、私たちも「マルチ・アイデンティティ」の意識や世界観を自分の中に取り込むことができるはずなのです。八雲のように、コスモポリタン的生き方をめざすこともできるのです。

複雑な対立が渦巻く国際社会に生きる私たちが直面する課題は、いかにして「オープン・マインド」を養い、「共生」という世界観をつくり出し、それを共有していくかということだと思います。その課題に対して、「マルチ・アイデンティティ」を生き抜いた小泉八雲という存在は、私たちに大きな示唆を与えてくれると思うのです。

そういう意味では、八雲は二十一世紀を先取りした生き方をした人物ともいえます。こうした八雲の存在のあり方を、私たちは「地球市民」と名づけることができますが、それこそが、私たちが今世紀においてめざすべき開かれた心、つまり「オープン・マインド」なのではないでしょうか。

＊1　『夢十夜』「第三夜」
一九〇八年、夏目漱石が「朝日新聞」に連載した小説。おぶっている自分の子が大人のような物言いをする。やがて杉の木が見えると、背中の子が「御父さん、その杉の根の処だったね」「御前がおれを殺したのは今からちょうど百年前だね」と言い、急に石地蔵のように重くなった——という夢。

＊2　グリム童話
ドイツのグリム兄弟が民間の伝承を収集して再編した童話集。一八一二〜五七年にかけて刊行。「シンデレラ」「赤頭巾」「白雪姫」などを収録。

＊3　アンデルセンの童話
デンマークの童話作家・詩人アンデルセン（一八〇五〜七五）の童話。「人魚姫」「親指姫」「醜いアヒルの子」など約百五十編ある。

＊4　佐野史郎
一九五五年生まれ。俳優、映画監督。松江市で育つ。小泉八雲作品を愛読し、国内外での朗読などの活動を続けている。

＊5　「柳情霊妖」
挿絵入り怪談奇談集『玉すだれ』（一七〇四年刊）巻三所収。

ブックス特別章

日本人の霊性を求めて

人力俥で鎌倉・江ノ島を巡る

小泉八雲の『日本の面影』の中に「鎌倉・江ノ島詣で」という一見、目立たない作品があります。『日本の面影』の全二十七編の作品の中でも、今まであまり注目されてこなかった紀行文です。私自身は、来日早々の八雲の日本入門に当たる記念碑的な作品として、なかなかおもしろい作品だと思っています。

「鎌倉・江ノ島詣で」は、のちの出雲地方を舞台にした『日本の面影』の代表作「盆踊り」、「神々の国の首都」、「杵築《きづき》――日本最古の神社」、「日本海に沿って」などの序曲（プレリュード）を奏でている作品だと考えています。しかし、この紀行文にも、八雲の古き佳《よ》き日本への眼差しが見事に生かされています。

この特別章では、この「鎌倉・江ノ島詣で」を八雲と一緒に旅しながら、『日本の面影』という作品が伝えるトータルな意味、つまり、彼の日本体験の真髄のようなものに触れられれば、と思います。

私は二〇一五年六月に、以前翻訳した『新編　日本の面影』（角川ソフィア文庫）の続編として、『新編　日本の面影Ⅱ』を上梓しました。その中に「鎌倉・江ノ島詣で」を訳出し、収録しましたが、これは「伯耆《ほうき》から隠岐《おき》へ」という隠岐島の人情を描いた作品と並んで比較的長い紀行文です。英文にして五十頁ほどあります。

この両作品が長篇である理由は、八雲の隠岐島への愛着（彼はここに住みたいとさえ思っていた）と鎌倉・江ノ島における日本的霊性への気づき（「日本人の微笑」の着想は鎌倉で得たと思われる）があったからこそで、彼はただだらだらと長い旅の記録を書き連ねたわけではありません。

「伯耆から隠岐へ」も「鎌倉・江ノ島詣で」も、『日本の面影』の中ではあまりかえりみられてきませんでしたが、地霊との対話、失われてゆく日本への哀感といった八雲らしい筆致で描かれている点で、無視できない作品といえるでしょう。

訳してみて改めて気づいたことですが、とくに「鎌倉・江ノ島詣で」には、八雲の本質直観といったらよいような洞察力が冴《さ》えている箇所がいくつも見られます。そうした八雲の本質直観の冴えが、彼をして日本文化の真髄の把握を可能ならしめていたのです。その日本発見は、まず鎌倉で起こったのでした。のちほど、その一例を拙訳で辿ってみることにしましょう。

第1章でも触れましたが、八雲が日本にやって来たのは、一八九〇（明治二十三）年四月四日のことでした。それからほどなくして、横浜で知り合った学僧の真鍋晃と共に、鉄道、人力俥、あるいは徒歩《てく》などで鎌倉と江ノ島を回りました。晃は、来日早々で日本語が話せない八雲のために英語の通訳をしてくれた若い青年です。仏教に詳しい彼がいなかったら、この「鎌倉・江ノ島詣で」という作品が書けたかどうか、怪しいところです。それどころか、『日本の面影』の代表作の幾篇かも、彼の援助なしには成立しなかったと思います。

「鎌倉・江ノ島詣で」のあちこちには、八雲の初々《ういうい》しい日本観察の言葉が散りばめられています。この作品の原題は、*A Pilgrimage to Enoshima* となっていますから、「江ノ島詣で」と訳すのが正しいでしょう。しかし、この巡礼記の半分以上が、鎌倉に触れた記述で占められていることから、日本の読者に分かりやすいように「鎌倉・江ノ島詣で」と訳題を変えさせていただきました。この巡礼記のタイトルに八雲が「江ノ島詣で」と付けたのは、旅の最終目的地が江ノ島であり、この湘南・鎌倉の信仰の原点は江ノ島にあると考えていたからでしょう。

さて、話を八雲と晃の「鎌倉・江ノ島詣で」に戻しましょう。晃の助言があってのことだと思いますが、来日してほどなく、八雲は鎌倉行きを決めます。四月の中頃、前年の一八八九年に開通したばかりの横須賀線に乗り、横浜から大船まで汽車で行きます。そこから二人は人力俥に乗り換え、北鎌倉に向かったのです。

人力俥と徒歩による二人の鎌倉巡りは、円覚寺《えんがくじ》を皮切りに建長寺《けんちょうじ》、円応寺《えんのうじ》を経て、鎌倉大仏、長谷寺《はせでら》へと向かいました。それから、二人は再び人力俥に乗り、極楽寺坂から七里ヶ浜へと抜け、片瀬村から巡礼の最後の目的地、江ノ島へと辿り着きました。江ノ島では、潮の香に身をひたしながら江島神社と龍神の岩屋へお参りし、藤沢を経由して帰路についたのです。

今、八雲一行の鎌倉・江ノ島巡りのおおよそのコースを書き出しましたが、見学や観察時間を含めると、このコースを一日で回り切ることはむずかしいのではないでしょうか。八雲はこの旅程を一日で巡ったように書いていますが、昔の道路事情や交通の便の悪さなどを考慮に入れると、ちょっと考えられないことです。

それはさておき、八雲は鎌倉でさまざまな発見をしていきます。一概に発見といっても、彼の場合は、肉眼というよりもう一つの眼、心眼といったらよいような眼差しを向け、対象にひそむ霊的なものや本質的なものを直観し、その対象との交感を通して、作品化していきました。それでは、「鎌倉・江ノ島詣で」の導入部を具体的に見てみましょう。

死せる都、鎌倉を行く

「鎌倉・江ノ島詣で」の冒頭から響いてくる基調音《キーノート》は、すでに「死せる都」となった鎌倉の情景の描写です。まずはじめに、かつて栄華を誇った中世の鎌倉と明治二十年代の寂れた鎌倉のコントラストが、くっきりと描かれています。

鎌倉。

低い木立ちの生い茂る丘と丘の狭間に、村の家々が連なって建っている。その中を一筋の堀川が流れ、古ぼけてくすんだ家屋が立ち並んでいる。そして、その板壁と障子の上には、急勾配《こうばい》の茅葺《かやぶ》き屋根が見える。その屋根の斜面には、青々とした草の斑点が一面に広がっている。(中略)

生温かな大気の中には、日本酒のにおい、わかめの味噌汁や地産の太い大根の臭いなど、この国のにおいが立ちこめている。そしてその中でも、寺院からひときわかぐわしい、強烈な線香の匂いが、他を圧してにおってくる。これが、仏様のおわしますお寺から漂ってくる抹香の臭いなのである。

（中略）

しかしながら、私たちが屋根草のはえている朽ち果てた農家の間を流れる小川に沿って俥《くるま》を走らせていると、何とも言いがたい寂寥《せきりょう》の思いが、私の胸に重くのしかかってくる。というのも、この興廃した村落は、かつては将軍源頼朝《みなもとのよりとも》の都、あの武家政権の軍都の名残（中略）をとどめている所だったからである。（中略）

今なお、古《いにしえ》の御仏《みほとけ》たちは、お参りする者もお布施などを寄進する者もなく、朽ち果てたまま、寺院の深い沈黙の中に、住まわれている。御仏たちは、荒れ果てた田んぼに取り囲まれるようにして坐しておられるのだ。しかも、田んぼの蛙《かえる》のかまびすしい鳴き声が、かつては都であった往時の潮騒のざわめきをかき消してしまっている。

八雲の文学を称して、「墓碑銘《ぼひめい》の文学」などという言い方があります。つまり、失われたものや、亡くなった者たちを回顧し、追悼する文学形式といったような意味合いです。この一節は、鎌倉への墓碑銘を言葉に刻み込んでいるような文章です。

蛙がうるさく鳴く田んぼに取り囲まれるようにして、鎌倉の御仏たちは鎮座しています。そして、お参りする人とてなく、深い沈黙のうちに眠る寺院は、荒廃しています。

蛙たちのかまびすしい鳴き声が、昔の鎌倉の繁栄を象徴する潮騒の音をかき消してしまった、と八雲は詠嘆しているのです。まさにこの一節は、八雲が鎌倉への墓碑銘を記しているといってよいでしょう。

今、引用した冒頭の文章を読むと、「死せる都としての鎌倉」という主題の提示が見て取れます。ここには、今から百二十年ほど昔の鎌倉の寂れた様子が、一瞬のうちに八雲の筆によって描出されていることが理解できます。この作品全体に流れている基調は、古き佳き日本が近代化という時代の急速な波によって廃れ、失われつつあるという、彼自身の嘆きです。

御仏たちとの出会い

「鎌倉・江ノ島詣で」という作品は、かつての栄華を失った鎌倉の墓碑銘を刻むための旅の文学ではありますが、別の見方をすると、八雲による仏教寺院の仏像・地蔵巡りといった趣もあります。読み進んでいきますと、八雲は御仏たちの立像や座像からかなりのインパクトを受けたことが伝わってきます。それは彼が、仏像や道端の地蔵尊のお顔に日本人のもつ精神性、つまり霊性といったものを読み取っていったからです。

そういう意味で、八雲の鎌倉と江ノ島への旅は、数々の仏像や地蔵のやすらかな表情を通して、日本人の霊性とは何かを探究する旅であったことに思い至ります。

八雲が鎌倉で感動を覚えた御仏や地蔵尊との出会いを辿ってみましょう。まず、最初に訪ねた円覚寺では、ご本尊の宝冠釈迦如来像《ほうかんしゃかにょらい》との出会いがあります。禅宗寺院の境内の凛《りん》とした空気感に身を浸しながら、総門から三門へと歩みを進めてゆくと、八雲たちは、日常とは異次元の聖域に入ったことにいやおうなく気づかされます。

禅宗寺院は、三門・仏殿・方丈などの主要な迦藍《がらん》が一直線に並んでいることに気づきます。直進してゆくと、高さ二メートル六十センチにも及ぶ雄壮で黒ずんだ木造の宝冠釈迦如来像が鎮座している仏殿に辿り着きます。頭に宝冠をいただいた威厳のある半跏《はんか》像で、いわゆる「鎌倉ぶり」の凛々《りり》しい顔立てに、八雲は感動を覚えます。

円覚寺での思わぬもう一つの遭遇と言えば、境内の小高い丘の上にある弁天堂の「洪鐘《おおがね》」との出会いでしょう。八雲は、老僧にすすめられ、この大きな釣鐘に撞木《しゅもく》を打ち付け、鳴らしてみました。すると、その響きは、円覚寺の境内のみならず、近くの山々や北鎌倉の町中に木霊しました。

先ほどの僧が、その釣鐘を突いてみるように私に促す。私はまず手始めに、手で釣鐘の縁を触ってみた。音楽的な音が響いた。それから、私は力をこめて鐘に撞木を打ちつけてみた。すると、大きなパイプオルガンの低音部の豊かで深い雷鳴のような響きが――途方もなく大きく美しい響きが――あたりの山々にこだました。それから、小さな美しい反響音が、そのあとを追うようにして鳴り響いた。たった一度鳴らしただけなのに、この素晴らしい釣鐘は、少なくとも十分間ほどもうなり続けたのである。この釣鐘の年齢は、何と六百五十歳だという。

「この釣鐘の年齢は、何と六百五十歳だという」と鐘を擬人化していますが、この一行は読み過ごせない一行です。さらに読み進んでいきますと、この釣鐘の化身である人間が登場するからです。

八雲の紹介している伝承に従えば、十五世紀後半に、日本の津々浦々を大男の僧が行脚し、円覚寺の洪鐘の前で祈願するように説いてまわりました。実はこの僧は、この洪鐘が人知を超えた力によって姿を変えた、鐘の化身であったというのです。また八雲は「この鐘は神聖なもので、神仏の霊魂が宿っていると信じられている」とも記しています。これらをまとめて考えると、円覚寺の鐘の響きは仏様の声音《こわね》であり、それを通して仏の教えを日本中に伝えているものだ、という解釈も成り立つのではないでしょうか。

一般の観光客は、円覚寺を訪ねても、境内の奥まった高台にある弁天堂の洪鐘にお参りする人は少ないようです。この洪鐘の響きが仏法の教えを伝えるものであるならば、私たちは、お寺にある「鐘」の象徴的意味にもっと崇敬の心を払ってもよさそうに思われます。

やがて八雲と晃は、もう一つの禅宗寺院、鎌倉五山第一位の建長寺に辿り着きます。ここも円覚寺と同じく臨済宗のお寺です。八雲たちは、円覚寺と同様に、総門・三門・仏殿へと歩みを進めていきます。そこで、八雲は建長寺のご本尊と対面し、次のように描写しています。

仏殿の内部には、黒色と白色の四角い石板が、敷き詰められている。（中略）中に入ってみると、円覚寺よりさらに物寂びた荘厳さが、際立っている。そこには、〔円覚寺のご本尊のように〕火炎の冠を背に負うた仏陀の黒ずんだ像ではなく、炎のような後光の差した巨大なお地蔵様が、鎮座していた。その地蔵菩薩像は、変色した金色の大蓮華《だいれんげ》の上にお座りになっており、その高座の縁《へり》から衣《ころも》の裾《すそ》が垂れているのが見えた。

地蔵菩薩と閻魔大王は同体である

普通の観光客ならお寺のご本尊が何であるか、ほとんど気にしないと思います。しかし、八雲が建長寺のご本尊が地蔵菩薩であることを見逃していないのは、さすがというべきでしょう。他の地域のお寺については分かりませんが、鎌倉のお寺では、地蔵菩薩がご本尊になることは、珍しいようです。

建長寺が建てられた土地は、元々は処刑場だったときいております。その昔、この辺りは地獄谷と呼ばれていたそうです。地蔵菩薩は、救済の仏様であり、病者や貧者に対してのみならず、罪人にも手を差し伸べ、救ったといわれています。

その一例として、こんな話を八雲は紹介しています。地蔵信仰に生きていた信心深い女性が、地獄に落されます。しかし地蔵菩薩のお陰で、閻魔《えんま》大王による、生き物を殺《せっ》生《しょう》したという裁きから救済されたというのです。

この話を読んでおもしろいことに気づきました。現世での救い主である地蔵菩薩と、地獄に落ちた死者を裁く閻魔大王は、実は同一の存在、二身同体であるという説があるのです。前者を人間を救う仏（神）と考えれば、それは地蔵菩薩という姿をとり、後者を人間を裁く仏（神）という風に考えれば、閻魔に変化《へんげ》する。人間にはこのプラス（陽）とマイナス（陰）の両極の働きがあることを考えれば、地蔵菩薩と閻魔の間には陽と陰、善と悪の両義性の働きが潜んでいることに気づくのではないでしょうか。

そうであるなら、建長寺の地蔵菩薩も、建長寺の近くにある円応寺（閻魔堂）の閻魔大王も、同じ神仏の二様の現れであると考えることもできます。私たち人間は、地蔵菩薩のやさしさと救いを待ち望んでもいるし、人間が自分たちを律するには、閻魔様の厳しさと裁きを必要としているということにもなりましょう。とすれば、閻魔という存在も、究極的には人間を改心救済へと導く仏であるといえるのではないでしょうか。

それゆえ、地蔵菩薩と閻魔様は二身同体であるという説が、まことしやかに語られているのだと思います。つまり、この二体の善と悪の超越的存在は、善と悪を内に抱え持つ人間という性《さが》の両義性と対応していると思われます。

八雲は円応寺で見た閻魔像の本当の恐ろしさは、「威嚇的で肝がつぶれんばかりの形《ぎょう》相《そう》」にあるというより、人間のやましい心を見抜く、「悪夢でも見ているような眼光の鋭さにある」と喝破《かっぱ》しています。この一行によって、地蔵菩薩と閻魔大王のもつ対照性と両義性は、より鮮明になってくるのではないでしょうか。その一節を引いてみます。

その容貌たるや、煮えたぎった真っ赤な鉄が冷めて灰色に凝り固まったような、威嚇的で肝がつぶれんばかりの形相《ぎょうそう》をしていた。この私の驚き様は、引き上げられた幕の背後から閻魔大王が突然姿を現したという、幾分か芝居がかった堂守の演出によることは、間違いない。しかし、当初の驚きが静まっていくにつれて、私はこの像の製作者の途方もない創造力を認めざるを得なかった。（中略）
この閻魔像が傑作である秘密は、虎のような威圧的なすごみや、ぱっくりと開いた恐ろしげな口元、あるいは顔全体にみなぎっている、ぞっとするような、おぞましい像の色彩そのものにあるのではない。それは、悪夢でも見ているような眼光の鋭さにあるのである。

八雲は建長寺の後に円応寺にお参りし、高名な仏師、運慶の作と思《おぼ》しき閻魔大王像に対面しました。その時の彼の驚きようは、引用文からお分かりのように尋常《じんじょう》なものではありませんでした。しかし、建長寺と円応寺は共に臨済宗のお寺でありますが、一方では地蔵菩薩をご本尊として祀《まつ》り、他方では閻魔大王をご本尊として祀っているのです。私はこのことに、何か不思議な因縁を感じます。生前と死後、救いと断罪という背反する二極の世界観が、この二つの禅宗寺院のご本尊の姿に投影されているのです。そう考えていくと、八雲の寺巡りの体験は、普通考えられないような偶然性が重なっており、私にはいっそう興味深く思われるのです。
八雲一行のお寺巡り、ご本尊拝顔の旅は、まだまだ続きます。次に彼らが訪ねたのは、鎌倉大仏様でした。ここで八雲は、彼の日本観の形成にとって決定的な体験をすることになります。

鎌倉大仏に見る日本の霊性

円応寺の恐ろしい閻魔大王の像を見学した後、八雲たちは再び人力俥に乗り、長谷の高徳院に大仏様の見学に出かけます。大仏様は阿弥陀如来《あみだにょらい》で、一二四三年に作られたと言われています。初めは木造だったようです。今日、私たちが見ている銅製の像は、一二五二年に鋳造《ちゅうぞう》が始まったと『吾妻鏡《あづまかがみ》』に記されていますが、完成年はなぜか分かっていません。その後、一四九八年には、大津波で大仏殿が流されてしまい、露座《ろざ》の大仏として今日に至っています。

大仏は十一メートルもある巨大な像ですから、鎌倉時代には、長谷から相模湾《さがみわん》を見渡している、武家の都の守護神的役割を担っていたことでしょう。地政学的に言っても、大仏様は海や山から侵入する外敵から都を守る宗教的及び軍事的守護神だったのです。

八雲は高徳院に着くなり、大仏様のあまりの大きさに驚いてしまいます。それで彼は、あまりに大仏様に接近しすぎたため、後ずさって見ようとします。大仏様の全貌をじっくり鑑賞したいと思ったからです。しかし、俥夫たちは八雲の後ずさる仕草がよほどおかしかったと見え、大笑いします。八雲が大仏様を恐がっている、と思ったからでした。

それから、八雲は大仏様に再び近づき、しみじみとお顔に見入ります。すると、八雲は大仏様の柔和で、夢見るような無心の表情に心打たれ、思わず心の内を次のように吐露します。

大仏様の気高くも美しいお顔と半眼の眼差しを仰ぎみていると、青銅のまぶたは子どもの眼差しにも似て、じっとこちらを優しげに視つめておられるように思われる。そしてこの大仏様こそ、日本人の魂の中にある優しさと安らかさのすべてを象徴しているように感じられる。日本人の思惟が、こうした巨大な仏像を生み出すことができたのだ、と私は考えている。

大仏様の美しさ、気高さ、この上ない安らかさは、それを生み出した日本人のより高い精神的生活を反映している。大仏様の縮れ毛や仏教上の象徴的な印《しるし》が示しているように、インドの仏像からの影響は見られるものの、その技法は日本的なものである。

八雲は、阿弥陀如来である大仏様の伏目がちな眼差しは、やさしさに満ち、子供のそれに似ていると言います。阿弥陀如来は浄土教においては、万物の根源であり、慈悲を意味するといわれていますから、八雲は大仏様のお姿の本質を、一瞬にして直観したのかもしれません。

おそらく、大仏様のあの柔和な眼差しは、子供を見守る道端のお地蔵様のやさしさに通い合うものがあったのでしょう。そして、大仏様の表情こそ、「日本人の魂の中にある優しさと安らかさのすべてを象徴している」と、八雲には率直に感じられたのです。

さらに八雲は、彼にとって決定的な一つの啓示とも思われる感慨を洩らします。「大仏様の美しさ、気高さ、この上ない安らかさは、それを生み出した日本人のより高い精神的生活を反映している」と。この一行は、彼の本質直観から出た言葉といってよいでしょう。彼のこの本質直観による日本認識は、鎌倉の大仏様を見て湧きあがった一つの洞察といってよいと思います。

つまり、八雲は大仏様のやさしげな眼差しとかすかに微笑んでいるかのように見受けられる慈顔《じがん》に、日本庶民の「霊性」を直観したのだと思います。八雲の考える日本人の「霊性」とは、日本の庶民が生まれながらにして持っているやさしさや誠実さ、忍耐強さを指しているのだと思います。

円応寺の閻魔大王の人を射るような鋭い眼光から、大仏様の人を包み込むような慈愛に満ちた眼差しへの場面転換も、ストーリーテラーとしての八雲のたしかな手腕を感じさせます。しかしここで見落してならないのは、大仏様の眼差しと表情に体現されている日本人の「霊性」を浮かび上がらせ、そこにスポットを当てたという点です。

日本的霊性の芽生え

『日本的霊性』（一九四四）を書いた鈴木大拙《だいせつ》は、「霊性」とはすべてを包含する直覚力のことであり、人間の精神の働きをより良い方向に導く力であると定義しています。そして、西田幾多郎《きたろう》の唱える「純粋経験」や「純粋意識」に近いともいっていますが、いささかむずかしい定義です。大拙は、「霊性」とは、つまり頭で理解できるようなものではなく、全身で感じ取るべきものだというのです。「霊性」を、英語では「スピリチュアリティ」といっていますが、この言葉は、八雲の言う日本人の霊性にも、大拙の日本的霊性にも当てはまらないキリスト教的な言葉でしょう。

大拙は、霊性のことをあえて宗教意識とはいわずに、霊性といってみるのだと、『日本的霊性』の「緒言」で断っています。大拙は続けて「宗教についてはどうしても霊性とでも言うべきはたらきが出て来ないといけないのである。すなわち霊性に目覚めることによって始めて宗教がわかる」といっています。さらに霊性とは、精神とは違うはたらきをするものであり、「霊性の直覚力は精神のよりも高次元のものである」と付け加えています。

鈴木大拙は同じく「緒言」において、霊性というものは、「民族がある程度の文化階段に進まぬと覚醒せられぬ」と主張しています。その上で、「今日の日本民族の一人一人がみな霊性に目ざめて居て、その正しき了解者だというわけには行かない」と、戦時中の日本の現状を批判しているのです。

それでは、日本にはいつ日本的な霊性の芽生えがあったのでしょうか。大拙の仮説によれば、それは鎌倉時代に起こったといいます。

> 鎌倉時代になって、日本人は本当に宗教すなわち霊性の生活に目覚めたといえる。平安時代の初めに、伝教大師や弘法大師によりて据え付けられたものが、大地に落ち付いて、それから芽を出したといえる。日本人は、それまでは霊性の世界というものを自覚しなかった。鎌倉時代は実に宗教思想的に見て、日本の精神史に前後比類なき光景を現出した。平安朝の四百年も決して無駄ではなかった。いずれも鎌倉時代のための準備であった。こんな根帯《こんたい》があったので、鎌倉時代の春が来た。

ここで美しき思想の草花が咲き出した。そして七百年後の今日に至るまで、それが大体においてわれらの品性・思想・信仰・情調を養うものになって来た。今後恐らくは、こうして養われて来た事が基礎となって、その上に世界的な新しきものが築かれることと信ずる。ここに今日の日本人の使命がある。

（『日本的霊性』第一篇）

日本的霊性は鎌倉時代にはじめて芽生えた、とする大拙の仮説に従って考えていくと、鎌倉時代は日本の精神史にとってきわめてエポックメーキングな時代であったことが理解できます。一口でいうと、鈴木大拙の日本的霊性論は、日本人の生命思想を主軸にした日本再生論といってよいかと思います。そのために日本への「禅」と浄土思想の導入の意義、民衆の地に根を張った生き方（大地性）の誕生と成熟、さらには国家存亡の危機への処方箋《しょほうせん》などが、『日本的霊性』の主題として展開されていきます。

要するに、大拙によれば、日本人はようやく鎌倉時代に入り、精神的にめざめはじめたというわけです。とりわけ中国から伝来した禅宗や浄土宗、そして浄土真宗が、日本人の中に眠っている固有な感性、日本的霊性というものを覚醒させ、それに言語（表現）を与えたというわけです。

そういう意味で、鎌倉という宗教都市は、今日まで続く日本の精神文化（禅文化、礼儀作法、茶道、芸術など）の礎《いしずえ》を作った都であるといえるかと思います。

八雲が鎌倉の御仏たちを通して直観的に鎌倉に見出したものは、大拙が述べたような「日本的霊性」ではなかったかと想像しています。八雲が阿弥陀如来である大仏様を通して見ていたものは、浄土宗の僧、山崎弁栄《やまざきべんねい》（一八五九〜一九二〇）の次の言葉と響き合っているように思われます。八雲も、きっと万物の根源であり、慈悲そのものである阿弥陀如来の霊の働きを直観することができていたのでしょう。若松英輔氏の『霊性の哲学』（角川選書）より、弁栄の言葉（「人生の帰趣」）を引用させて頂きます。

如来は真なり美なり。その最高者に触れんと欲する我等は、ますます高きに憬がれ、いよいよ美に恋して止まざるなり。

宗教心の奥底に輝ける不思議の光は霊なり。その血は愛なり。それが霊の生命なり。それは大なる如来と衆生の霊とによりて互に血を通わせり。

この弁栄の一節から、私は、八雲が大仏様を見て感動した境地に近いものを感ずるのです。八雲が大仏様をあおぎ見た時、如来の霊と衆生の一人である八雲の霊とが、照応し、響き合ったにちがいありません。

日本文化の真髄は「微笑」の中にある

一八九〇年四月から八月にかけて、八雲は横浜と鎌倉にしばらく滞在していました。その後、八月下旬に松江に英語教師として赴任します。その時の松江での体験をもとに日本人論として傑出した「日本人の微笑」が書かれます。この作品については第3章でも触れましたが、実は「鎌倉・江ノ島詣で」の鎌倉大仏での直観的な体験が出発点となっていた、と考えられます。

八雲は「日本人の微笑」の第五章で、「日本の民衆の微笑は、菩薩像の微笑と同じ観念、つまり、自己抑制と克己の精神から生まれる至福を表しているのである」と明確に述べていました。

八雲は日本民族特有の「微笑」を、鎌倉を旅しながら、仏像や地蔵の中にも見出していきました。円覚寺の釈迦如来像や洪鐘、建長寺の地蔵菩薩、高徳院の阿弥陀如来、長谷寺の観音様、さらには道端の六地蔵——それらがたたえている「微笑」は、八雲の心の中では、みな、人々を救済に導く仏様として一つに繋がる慈悲と救済の存在でした。この御仏たちの表情にも、八雲は日本人の霊性の顕現を見ていたのです。しかも、八雲は数々の御仏たちにかすかな「微笑」を読み取っていたようです。

誤解ないようにおことわりしておきますが、「微笑」といってもかすかに笑っていたり、にたにた笑っていたりするような顔の表情のことを指して言っているのではなく、心の平安な状態を示す内面的な人間の表情ととらえた方がより正確なように思われます。八雲は、大仏様のやさしい眼差しとおだやかな「微笑」の表情を一つの日本文化と捉えていたのです。

その「微笑」は「アルカイックスマイル」といわれるもので、むしろ心の平穏で幸せな状態を示しているのです。最後に、大仏様のアルカイックスマイルならぬおだやかな表情を描写した「日本人の微笑」の一節を紹介して、本文を結びたいと思います。

日本民族の道徳的な理想主義が体現されているのが、鎌倉のあの素晴らしい大仏様であるように、私には思われる。「深く、静かにたたえられた水のように穏やか」といわれる大仏様の慈顔に、込められているものは、かつて人の手が作り出した、他のどんなものにも比べることのできない「こころの安らぎこそ、最高の幸福である」（法句経）という、永遠の真理であろう。

東洋人が願い望んできた境地は、このような無限の平安である。だからこそ、究極まで自己を抑制することが、理想とされたのである。水面には新しい文明の流れが注ぎ込み、早晩、いちばん深いところまで、揺り動かされるには違いないが、西洋人の思想と比べるなら、それでも今なお、日本人の精神には素晴らしい平静さが保たれている。

翻って考えてみますと、西洋化し、合理性や効率ばかりを追求してきた今日の日本人に、果たして八雲の指摘したようなおだやかな「微笑」や温かな「眼差し」が残されているのかどうか、はなはだ疑問です。八雲が日本人の美徳、つまり日本人の霊性と考えた「自己抑制」と「己に打ち克《か》つ精神」は、私たちに今日でも多少なりとも残っているのでしょうか。

今から百二十年前に書かれた『日本人の面影』から、今後、私たちは何を汲《く》み取っていけばよいでしょうか。私たちは、これからも八雲の『日本の面影』から学ぶことがたくさんあるように思います。

読書案内

◉小泉八雲の主な翻訳書

池田雅之訳『新編　日本の面影』角川ソフィア文庫

池田雅之訳『新編　日本の面影Ⅱ』角川ソフィア文庫

池田雅之訳『新編　日本の怪談』角川ソフィア文庫

池田雅之訳『小泉八雲東大講義録』角川ソフィア文庫

池田雅之編訳『小泉八雲コレクション』全三巻　ちくま文庫

西脇順三郎・森亮監修『ラフカディオ・ハーン著作集』全十五巻　恒文社

平井呈一訳『小泉八雲作品集』全十二巻、恒文社

平川祐弘編訳『小泉八雲名作集』全六巻、講談社学術文庫

◉小泉八雲の評伝

小泉節子『思い出の記』（『新編　日本の面影Ⅱ』角川ソフィア文庫に収録）

田部隆次『小泉八雲』北星堂書店

小泉一雄『父小泉八雲』小山書店

池田雅之編訳『作家の自伝82　小泉八雲』日本図書センター
梶谷泰之『へるん先生生活記』恒文社
長谷川洋二『八雲の妻　小泉セツの生涯』今井書店
E・スティーヴンスン『評伝ラフカディオ・ハーン』遠田勝訳　恒文社
O・W・フロスト『若き日のラフカディオ・ハーン』西村六郎訳　みすず書房
E・L・ティンカー『ラフカディオ・ハーンのアメリカ時代』木村勝造訳　ミネルヴァ書房
＊節子夫人の『思い出の記』は八雲入門として最適です。田部の評伝は古いですが、資料的な価値があります。『八雲の妻』は貴重な労作で、一読をおすすめします。

◉小泉八雲の研究書
池田雅之『小泉八雲　日本美と霊性の発見者』角川ソフィア文庫
ベンチョン・ユー『神々の猿　ラフカディオ・ハーンの芸術と思想』池田雅之監訳　恒文社
森亮『小泉八雲の文学』恒文社
平川祐弘『小泉八雲　西洋脱出の夢』講談社学術文庫

小泉時『ヘルンと私』恒文社
牧野陽子『時をつなぐ言葉　ラフカディオ・ハーンの再話文学』新曜社
小泉凡『怪談四代記　八雲のいたずら』講談社文庫
小泉凡『小泉八雲と妖怪』玉川大学出版部
西川盛雄『ラフカディオ・ハーンの魅力』新宿書房
＊小泉時と凡の著作は、小泉家の資料を用いて、身内の視点から描いた貴重な作品。池田のものは、教育者及び日本美の発見者としての側面に光を当てたもの。ベンチョン・ユーの著作は、八雲の芸術家としての全像に迫る労作で、必読の一冊です。

◉八雲に関連した著者関係の参考書

池田雅之『想像力の比較文学』成文堂　一九九九年
池田雅之編著『共生と循環のコスモロジー』成文堂
池田雅之他編著『古事記と小泉八雲』かまくら春秋社
池田雅之他編著『お伊勢参りと熊野詣』かまくら春秋社
池田雅之他編著『鎌倉入門』かまくら春秋社
滝澤雅彦・柑本英雄編『祈りと再生のコスモロジー』成文堂

＊ここに紹介した本は私が関係した著作で、八雲に言及した資料的価値の高い文章を含んでいます。中でも、『古事記と小泉八雲』は、十一名の筆者による著作で、八雲と古事記の関連性を辿ったものが多く含まれており、八雲への新たなアプローチの可能性を予感させます。

◉事典・写真集

池田雅之監修『小泉八雲　日本の霊性を求めて』別冊太陽、平凡社
池田雅之監修『小泉八雲　放浪するゴースト』新宿区立歴史博物館
平川祐弘監修『小泉八雲事典』恒文社
小泉時・小泉凡共編『文学アルバム　小泉八雲』恒文社
山陰中央新報社編『ラフカディオ・ハーンの面影を追って』恒文社

＊『文学アルバム』は貴重な本で再刊を望みたいところです。『別冊太陽』の八雲特集は八雲がより身近に感じられるビジュアル誌です。

あとがき

この小著は、二〇一五年七月に四回にわたり、NHK・Eテレで放送された「100分de名著　小泉八雲　日本の面影」の番組テキストに加筆し、新たにブックス特別章と読書案内を書き下ろしたものです。

私は以前から「100分de名著」のファンで、ほぼ毎月テキストを買い、放送を楽しんでいました。時々、大学の学部や大学院のゼミでも、テキストを副読本のように使わせてもらっていました。「比較文化論」をテーマとする私のゼミでは、大変有意義な番組でした。

番組制作の過程では、自分では気づかなかった八雲に関するいろいろな発見がありました。シニアプロデューサーの秋満吉彦さんからは、八雲自らが庶民の中に入ってゆき、全身全霊で日本という異文化の声に耳をすます姿に感銘を受けたといわれました。なるほど八雲には、一見受身的でありながらも、相手を受け入れ、理解しようとする積極的姿勢があることにあらためて気づいた次第でした。この八雲の日本人という他者にひたすら耳を傾け、受け入れようとする姿勢（ネガティブ・ケイパビリティ）は、これからの国際社会における交流にはいっそう重要な意味をもってくることでしょう。

また、本番では、才気煥発な司会の伊集院光さんの突っ込みにオタオタしながらも、私は大いに気づきと刺激を受けました。伊集院さんは、八雲という存在をとおして、日本人がすでに大事なものを失いつつあることを、私たちにあらためて気づかせてくれました。八雲の現代人への警告のメッセージが、伊集院さんの口を借りて出てきたのには、本当に驚きました。

アナウンサーの武内陶子さんは、番組全体をスムーズに進行できるよう、時々、言いよどむ私に救いの手を差し伸べて下さいました。お二人に改めて感謝したいと思います。

この番組に出演してつくづく思うのは、「100分de名著」は、こうしたスタッフの皆さんとの共同作品だということです。私の八雲理解も、お陰様で広がりと同時に深まりを感じることができました。最後にNHK出版の加藤剛さん、黒川博之さんのお二人にも心よりお礼申し上げます。

二〇一六年十月

池田雅之

追記

二〇二四年は、小泉八雲（一八五〇～一九〇四）没後百二十年の年に当たります。八雲最後の作品『怪談』は、没年の一九〇四年に出版されました。私のこの小著も、ちょうど二〇二四年に重版の運びとなり、奇縁を感じております。

また二〇二五年の秋には、ＮＨＫ連続テレビ小説にて、八雲の奥様セツを主人公に「ばけばけ」が放送されると聞いております。セツ夫人をとおして、作家八雲がどのように描かれるのか、今から興味津々です。

二〇二四年八月十五日

池田雅之

本書は、「ＮＨＫ１００分de名著」において、２０１５年7月に放送された「小泉八雲　日本の面影」のテキストを底本として大幅に加筆・修正し、新たにブックス特別章「日本人の霊性を求めて」、読書案内などを収載したものです。

装丁・本文デザイン／水戸部 功＋菊地信義

編集協力／山下聡子、福田光一

写真提供／小泉家

図版作成／小林惑名

エンドマークデザイン／佐藤勝則

本文組版／㈱CVC

協力／ NHKエデュケーショナル

p.1　小泉八雲肖像

p.13　ニューヨークから横浜へ向かう八雲の後ろ姿（同行したウェルドンの画）

p.43　小泉八雲と節子

p.71　松江の八雲旧居。門前で話す二人の男性の右は成人後の小泉夫妻の長男・一雄、左は八雲の教え子でもあった根岸磐井

p.99　一雄の七五三祝い

池田雅之（いけだ・まさゆき）

三重県生まれ。早稲田大学名誉教授。NHK文化センター、早稲田大学エクステンションセンター講師。早稲田大学文学部英文科卒業。専門は比較文学、比較基層文化論。著書に『小泉八雲 日本美と霊性の発見者』（角川ソフィア文庫）、『想像力の比較文学』、『複眼の比較文化』（以上、成文堂）など。編著書に『小泉八雲』（別冊太陽・平凡社）、『古事記と小泉八雲』（かまくら春秋社）、『共生と循環のコスモロジー』（成文堂）など、翻訳に小泉八雲『新編　日本の面影』、『新編　日本の面影II』、『新編　日本の怪談』、『新編　日本の怪談II』（以上、角川ソフィア文庫）、T.S.エリオット『キャッツ』（ちくま文庫）など。NPO法人鎌倉てらこや理事長を経て、現在顧問。その社会貢献活動により、2007年に博報賞および文部科学大臣奨励賞、2011年に正力松太郎賞および共生・地域文化大賞を受賞。

NHK「100分de名著」ブックス
小泉八雲　日本の面影

2016年11月25日　第1刷発行
2024年 9 月30日　第3刷発行

著者———池田雅之

発行者———江口貴之

発行所———NHK出版
〒150-0042　東京都渋谷区宇田川町10-3
電話　0570-009-321（問い合わせ）　0570-000-321（注文）
ホームページ　https://www.nhk-book.co.jp

印刷・製本—広済堂ネクスト

Printed in Japan　ISBN978-4-14-081709-4　C0090